Piccola Biblioteca Oscar

di Carmine Abate

nella collezione Oscar

Gli anni veloci
Il ballo tondo
La festa del ritorno
Il mosaico del tempo grande
La moto di Scanderbeg
Il muro dei muri
Tra due mari

CARMINE ABATE

VIVERE PER ADDIZIONE

E ALTRI VIAGGI

OSCAR MONDADORI

I edizione Piccola Biblioteca Oscar marzo 2010

ISBN 978-88-04-58541-1

Questo volume è stato stampato
presso Mondadori Printing S.p.A.
Stabilimento NSM - Cles (TN)
Stampato in Italia. Printed in Italy

www.carmineabate.net

Vivere per addizione
e altri viaggi

A Meike più Michele più Christian,
questi viaggi che partono da lontano
e arrivano ai nostri luoghi e giorni,
per abbracciarvi, grato.

Già prima di partire
cominciai a tornare
e ogni volta che torno
mi preparo per la partenza.

GIUSEPPE GIAMBUSSO, *Partenze*

PROLOGO DI ANDATA E RITORNO

Viaggio con la mamma

Ogni volta che il treno frenava bruscamente, la mamma lanciava un'occhiata alla nostra valigia marrone e la sua fronte s'increspava di piccole rughe di preoccupazione o di dolore. «Siamo arrivati in Germania?» mi chiedeva nervosa.

«Ancora no, abbiamo lasciato la Calabria appena da sei ore. Un po' di pacènza, ma'» le rispondevo con la premura di un adulto. Ero un ragazzo, invece, frequentavo il penultimo anno delle superiori. Anche per me quello era il primo viaggio all'estero, però lo aspettavo da una vita, impaziente di tuffarmi nelle strade avventurose di Amburgo, su cui avevo sentito raccontare storie intriganti fin da bambino.

«Siamo arrivati?» ripeteva la mamma quando il treno entrava in una stazione, e intanto sbirciava la valigia marrone con un'ansia misteriosa. Le sorridevo per tranquillizzarla. Non doveva essere facile la separazione, per lei definitiva, dal nostro paese. «Dimmi che siamo arrivati!»

Non si arrivava mai.

Eravamo soli nello scompartimento. Non avevamo n

giornali né libri da leggere per passare il tempo. In compenso eravamo circondati da pacchi e borsoni pieni di roba da mangiare, per il nostro viaggio e soprattutto per mio padre che ci aspettava ad Amburgo.

Per combattere la noia mangiavo in continuazione, lasagne, uova sode, pane con soppressata, pane con provola, pane con sardella, noci, pere, fichi secchi. Mangiavo e ascoltavo la mamma che si lamentava dei dolori alla schiena, al braccio destro, al cuore.

«Non ce la faccio più, quando arriviamo? È Amburgo quella vampa di luci?»

«Ohi ma', siamo ancora in Italia, stiamo entrando a Milano. Ancora una notte più qualche ora e poi arriviamo.»

Per lunghi tratti la mamma seguiva con la coda dell'occhio un arco che partiva dal finestrino buio e terminava alla valigia marrone.

«Che cerchi?» le chiesi dopo l'ennesimo arco.

«Niente. Là dentro c'è la mia chicchera portafortuna. Ho paura che si rompe» mi rispose a voce bassa come se mi confidasse un segreto. E aggiunse che però l'aveva fasciata con tre canottiere e posata delicatamente nel cuore più morbido della valigia, fra i maglioni di lana.

«Tranquilla, ma', non si rompe di sicuro.»

Conoscevo quella tazza perché la mamma la utilizzava di continuo per bere il suo caffè, poi la risciacquava assieme al piattino e li poggiava sul tavolo, pronti per l'uso. A me pareva che esorcizzasse le sue paure, bevendo tutto quel caffè. Ne beveva cinque o sei tazze al giorno, pur avendo la pressione alta. Stringeva la sua tazza calda tra le mani e pareva modellarla con delicate carezze circolari. Poi sorseggiava lentamente fissando un luogo magico e segreto che solo lei scorgeva tra le ghirlande di fiori dipinti sul piattino di porcellana.

«Non me la sono sentita di lasciarla da sola al paese» aggiunse la mamma come se parlasse di una persona cara. «È l'unico regalo sciccoso di tuo padre, a parte l'oro delle nozze.»

"Ora si commuove" pensai. E infatti si commosse. Le succedeva ogni volta che raccontava del suo sposalizio: «Non è stata una vera festa, bir, c'era mio padre buonanima moribondo, abbiamo anticipato le nozze ché altrimenti quel lutto ci avrebbe bloccato la vita per almeno un anno e tu, il nostro primo bir, che volevamo con tutte le nostre forze, non saresti nato quell'autunno, forse non saresti mai nato, ché chissà che giravolte strambe avrebbe fatto la vita benedetta. Noi non potevamo aspettare, avevamo aspettato anche troppo, però io per le mie nozze mi ero insognàta una giornata color di rosa, il còre che si spacca di gioia e non di spiacimento. Lui, papà buonanima, era a letto che moriva e noi in casa a festàre controvoglia, con le labbra che si sforzavano di ridere e lasciavano cadere smorfie scure di delusione. Poi, per fortuna, dopo nove mesi sei arrivato tu e dopo un anno la sorella tua, e tuo padre non ce la faceva più a campare una famiglia di quattro bocche giovani, non vedeva schiarìa nell'indomani, doveva partire, doveva. Lui da solo, ché all'estero non volevano le famiglie. E così è stato. Prima in Francia, e tu avevi quattro anni, poi in Germania, e tu ne avevi sei. La chicchera me l'ha portata da Parigi con il suo bel piattino intonato a paradiso. Nessuno al paese ha una chicchera così sciccosa, nemmeno la famiglia più ricca».

All'improvviso la mamma sorrise, sembrava contenta del viaggio, e parlò con un pizzico di rimpianto delle cose buone che lasciavamo agli uccelli e alle formiche nel nostro orto, le melanzane belle grosse, i peperoncini rosso fuoco, i pomodori succosi, i fichi nivurelli già maturi. Poi divenne lucida e seria: «Dovevo farlo questo passo benedetto. Ora che abbiamo sistemato tua sorella, tuo padre passerà gli ultimi anni di sacrifici in Germania solo per te, per farti lauriàto. E anzi non saranno più sacrifici doppi o tripli, perché dopo anni e anni di vita solitaria vado io a lavargli la roba sporca, a fargli trovare un piatto di pasta pronto e piccante quando scàpola dal cantiere».

Il viaggio durò quasi quaranta ore, comprese le soste a Roma e a Milano. Mio padre venne a prenderci alla stazione di Amburgo-Altona. Restammo abbracciati tutt'e tre insieme come sospesi fuori dal tempo, e riassaporai il calore della prima infanzia quando papà non era ancora partito e ci stringevamo forte nel letto durante le notti di lampi e tuoni.

«Attento alla valigia marrò» disse la mamma a mio padre che buttava i bagagli sul carrello come sacchi di cemento, con la ruvida forza del manovale qual era. «Attento alla valigia marrò» ripeteva la mamma.

Più tardi salimmo le scale di legno traballante di un vecchio edificio ed entrammo nell'appartamento al terzo piano che mio padre aveva affittato in occasione del nostro arrivo. Prima aveva abitato nelle baracche delle ditte per cui lavorava, in stanzoni condivisi con altri operai stranieri.

La mamma si disinteressò dei borsoni e dei pacchi disseminati nel piccolo salotto e aprì la valigia marrone con movimenti rapidi, ansiosi. Ficcò la mano nel cuore morbido tra i maglioni e tirò fuori l'involucro di canottiere arrotolate. Infine liberò la sua tazza con il piattino di porcellana. «È sanizza e salva» disse con un sospiro che le fece sparire la ragnatela delle piccole rughe dalla fronte. Poi l'appoggiò con il piattino sul tavolo basso del salotto e ritornò sorridente come se si fosse svegliata in quel momento.

La tazza splendeva di un giallo inghirlandato da fiori arancione e pervinca, mentre lunghi steli e foglioline verdi s'intrecciavano con affetto, prima di tuffarsi nei fiori del piattino. La mamma ammirava quel minuscolo campo inondato di sole con uno sguardo sfacciato di nostalgia. Nostalgia non per il passato ma per il futuro color di rosa che s'immaginava accanto a mio padre. «Be', mo' ci facciamo un buon caffè, ne abbiamo tutti bisogno» gridò euforica e andò a cercare la caffettiera in cucina.

Mio padre e io ci guardammo sorpresi, non tanto per la rapidità dei gesti e l'energia che mostrava la mamma malgrado il lungo viaggio – del resto aveva poco più di quarant'anni – quanto per la sicurezza con cui si muoveva in cucina, come se avesse abitato lì da sempre.

Tornò in salotto con una gorgogliante caffettiera da sei. Versò il caffè prima in due anonime tazzine bianche per me e mio padre, poi nella sua tazza fiorita. Finalmente era rilassata, forse felice. E, anche se non conosceva ancora la vita che ci avrebbe atteso ad Amburgo, mi disse: «Peccato che devi tornare al paese alla fine dell'estate. Ci mancherai».

Io le sorrisi per riconoscenza. Sentivo la voce rumorosa di Amburgo-Altona che entrava dalle finestre aperte e fremevo dalla voglia di visitare il porto e l'Elba, la Cattedrale e il quartiere a luci rosse di Sankt Pauli, di cui mio padre mi aveva raccontato meraviglie. E i miei, invece di parlare di loro che non si vedevano da Natale, parlarono di me, del mio avvenire. Che sarebbe stato luminoso come il campo della chicchera inondato di sole, dicevano a turno, perché avevo spertizza, gioventù, luce negli occhi e a breve mi sarei diplomato maestro e poi laureato con il bacio sulla fronte. Io ascoltavo, muto. E loro avrebbero fatto gli ultimi anni di sacrifici in Germania per me, per il mio avvenire luminoso. Avrei voluto gridare basta, ché se mi caricate di altri quintali di responsabilità, schianto come un asino in salita. E un giorno, continuavano loro, saremmo tornati al nostro paese in Calabria, tutti insieme, per sempre. Sorsi e sorsi di caffè e di sogni, tra il fumo delle sigarette di papà e il rito della mamma con la sua preziosa tazza tra le mani.

Non so se dipese dallo strapazzo del viaggio che forse aveva minato la tazza con delle ferite invisibili o dalla forza eccessiva con cui la mamma l'appoggiò sul tavolo di marmo. Si sentì un rumore cupo come il rintocco di una campana che suona a lutto. Il piattino si spezzò in due con un grumo di frammenti al centro; la tazza si ruppe in tanti pezzi macchiati di caffè che tintinnarono inquieti sul tavolo e si sparsero in un prato di foglioline e fiori di porcellana.

«Non preoccuparti, te ne compro un'altra più bella» disse mio padre, prevedendo il pianto disperato della mamma. Invece lei non pianse. Fissava la scena con uno sguardo incredulo, da ferita a morte. Pareva che non si fosse frantumata solo la tazza ma la sua vita intera. Mi fece paura, avrei preferito che scaricasse la delusione con un pianto liberatorio.

Stette in quella contemplazione dolorosa per qualche minuto, mentre mio padre cominciava a spazientirsi: «Dài, non fare quella brutta cera, non è morto nessuno, ti è scappato un movimento ciotìsco, può succedere, non è un problema, i problemi qua all'estero sono altri».

La mamma si mosse, finalmente. Andò in cucina, prese il secchio della spazzatura e con un solo movimento rabbioso della mano vi fece cadere tutti i cocci di porcellana. Per un attimo ne seguì l'arcobaleno di fiori e foglioline. Poi versò del caffè nella tazzina di mio padre e bevve fino all'ultima goccia con le lacrime agli occhi.

Rapsodie

La nonna cantava la sua rapsodia preferita, quella di Scanderbeg che in punto di morte incita il figlio a partire, a salvarsi assieme alla madre e alla sua gente; cantava davanti al mio registratore acceso e intanto mi stringeva la mano, mi guardava commossa con i suoi occhi verdissimi, in quel momento un po' acquosi, e io non capivo se la sua commozione avesse a che fare con la storia di Scanderbeg moribondo o con il mio ritorno in paese dopo tre mesi e mezzo di assenza.

Ero appena arrivato da Amburgo con una valigia nuova: dentro, avvolto dalla mamma tra camicie e maglioni affinché non si rompesse, c'era il registratore stereo Grundig di ultima generazione. Lo avevo acquistato con i soldi del mio primo lavoro in una fabbrica di prodotti alimentari. L'idea di lavorare era stata mia, la mamma aveva cercato di dissuadermi, «tu non sei abituato alla fatica, ti mali sicuramente, hai mani senza calli, buone per scrivere e carezzare la tua zita», ma mio padre, che viveva ad Amburgo da anni, non aveva avuto nulla da ridire, anzi, secondo lui, era un'esperienza che dovevo fare, «perché così impari come si mangia il pane».

Avevo quasi diciassette anni e quell'accenno all'imparare come si mangia il pane non lo capii, allora, o non m'interessava. Mi bastava avere imparato cosa significa svegliarsi ogni mattina alle cinque, sgobbare per otto ore, sentirsi estraneo a un posto, a un'aria, a uno sguardo azzurro. «Però ne è valùta la pena» mi aveva detto mio padre accompagnandomi alla stazione centrale di Amburgo: tornavo al paese con dei baffetti teneri, dei preziosi risparmi per la mia vita da studente squattrinato, con una valigia nuova e soprattutto un registratore di marca.

Dunque, dopo pranzo ero andato a salutare la nonna. «È solo un pensierino» le avevo detto porgendole una scatola di cioccolatini assortiti e un foulard di seta. Più tardi avevo acceso il mio registratore.

L'idea di registrare le rapsodie mi era venuta qualche mese prima. Anche quel giorno la nonna cantava la sua rapsodia preferita e io provavo a trascriverne le parole. Parole antiche della nostra lingua arbëreshe, che conoscevo bene. Però mi bloccavo spesso, lei continuava a cantare di Scanderbeg avvolto ormai nell'ombra del vento della morte, ogni due parole una la cancellavo con rabbia e poi, per ricordarmene il significato, la riscrivevo aggiungendo accanto un disegnino o la traduzione in italiano fra parentesi. La pagina del mio quaderno sembrava un minaccioso cielo di nuvole scarabocchiate e di lampi azzurri.

La nonna aveva la voce di una ragazza innamorata, un trillo morbido di sospiri e speranze, e cantava l'ultimo desiderio di Scanderbeg rivolto al figlio: «Lule e kësaj zëmër time, fiore di questo mio cuore, prendi tua madre e tre galee, le migliori che hai, e fuggi subito di qui, perché se lo sa il turco, ucciderà te, e tua madre diventerà schiava...». Poi cantava di una ragazza che si rivolgeva alla sua terra lontana con uno struggimento che ti faceva commuovere: «Moj e bukura Morè, o mia bella Morea, da quando ti ho lasciata, non ti ho più rivista. Lì ho lasciato la signora madre, lì ho lasciato il signor padre e mio fratello, gji' të pështruar, tutti sepolti sottoterra...»

Alla fine avevo tradotto quasi tutto in italiano, perché non sapevo scrivere arbërisht, a scuola non me l'avevano insegnato e, con tutta la mia buona volontà e le ventuno lettere del mio alfabeto, non riuscivo a trascrivere le parole di una lingua che ne possiede ben trentasei.

Le nuvole scarabocchiate sulla pagina non promettevano nulla di buono. Sentii un brivido: quando fra cent'anni la nonna incontrerà l'ombra del vento mortale, pensavo, delle sue belle rapsodie, delle storie antiche e delle fiabe resterà una traduzione approssimativa e frammentaria che probabilmente non capirò nemmeno io.

Fu quel giorno che pensai al registratore: dovevo memorizzare non solo le parole, le storie, ma anche il ritmo, il suono, la voce innamorata della nonna. Fermare il tempo, i sospiri, i silenzi e recuperarli in futuro a mio piacimento. Era un pensiero semplice e ingenuo che galleggiava sul mare del mio ottimismo di allora, dei miei grandi sogni da adolescente.

Quando la nonna finì di cantare, premetti lo stop, poi il tasto rew e infine lo start. La nonna trasalì nel risentire la sua voce: «Lule e kësaj zëmër time, mirr tët'ëmë e tre galè... Kur rre te praja e detit, ohj bir...». Il registratore restituiva il canto senza il sottofondo del vicolo, senza il ronzio delle mosche, né il lamento delle ultime cicale moribonde. «Moj e bukura Morè, si të lé u më ngë të pé...». Era una voce netta che sembrava arrivare da un mondo lontano, da un altro tempo, più silenzioso del nostro e soprattutto più quieto, più soffice, fresco come un fiocco di neve.

Da quel giorno cominciai a girare per tutti i vicoli del paese, nessuno escluso, a caccia di storie, rapsodie, canti, aneddoti, proverbi, preghiere, fiabe. E piano piano ricostruivo la storia mitica del nostro paese, fondato alla fine del Quattrocento dai profughi albanesi scappati dalla loro terra invasa dai turchi.

Il registratore non metteva in soggezione i miei interlocutori. Aveva il microfono incorporato, registrava in silenzio, con discrezione. Lo accendevo e lo lasciavo in un angolo del tavolo, mentre gli anziani contadini che avevano occupato le terre raccontavano e le vecchie zonje cantavano con gusto. Io memorizzavo assieme al mio registratore, concentrato come raramente mi capitava a scuola, dove non si parlava mai della nostra storia, fino a quando il clic automatico mi faceva sobbalzare: la cassetta era piena, bisognava girarla sul lato B o cambiarla.

Fra una rapsodia e l'altra, fra una storia accaduta e una favola, ascoltavo le cassette dei miei cantanti preferiti, Battisti, Mina, i Beatles, De Andrè, Guccini, Dylan, De Gregori e la scoperta di quell'estate, Rino Gaetano. Il venerdì, all'ora di pranzo, provavo a registrare alla radio le più belle canzoni romantiche della Hit Parade, per riutilizzarle durante le serenate. Spesso cantavo assieme all'interprete senza rendermi conto che stavo registrando e le nostre voci si sovrapponevano, diventavano a tratti l'una l'eco invaghita dell'altra: «Accoccolati ad ascoltare il mare / quanto tempo siamo stati / senza fiatare...». Ero innamorato, naturalmente, di una ragazza che non sapeva nulla del mio timido amore.

La notte del sabato andavo a serenata con gli amici sotto le finestre delle nostre amate. Accendevo il mio registratore al massimo volume e la voce vibrante di Baglioni squarciava il silenzio dei vicoli, «E adesso non ci sei che tu / soltanto tu e sempre tu / che stai scoppiando dentro il cuore mio...», risvegliava i galli, le capre e i muli nelle stalle, «Ed io che cosa mai farei / se adesso non ci fossi tu...», faceva impazzire i pipistrelli, «ad inventare questo amore...», che ci volavano minacciosi sopra le teste.

Una volta avevo sbagliato cassetta e la voce della nonna aveva inondato il cielo nero del vicolo: «Gamùr bëra me tij e dua të marr / mos ngë të marr tij u vritem vet».

Non potevo spegnere il registratore perché nella chiara simbologia delle serenate un canto interrotto bruscamente equivaleva a un messaggio di disprezzo: erano tre canti interi, la dichiarazione d'amore. Così ascoltammo tre interpretazioni della nonna, senza sottofondo musicale, solo la sua voce innamorata: «O rosa rossa, quanto sei bella / hai messo le radici nel mio cuore / 'e non vai più via, o rosso amore». E, a partire dalla seconda, cantammo con lei, mentre sentivamo su di noi decine di occhi che ci spiavano curiosi da dietro le finestre, cercando invano la pazza che cantava nella notte.

Fu la serenata più memorabile della mia vita.

Il giorno dopo, in paese, non si parlava che di questo ritorno all'antico per una dichiarazione d'amore moderno. Furono in tanti a identificare me e i miei amici, anche la musa della serenata che cominciò a capire e a ricambiare. Ma nessuno identificò la voce della ragazza innamorata, nemmeno lei, la nonna, svegliata dolcemente da un canto che le pareva familiare.

L'estate successiva ritornai in Germania a lavorare nella stessa fabbrica. Come studente-lavoratore guadagnavo bene perché ero esentato dalle tasse, avevo i soldi per andare in discoteca e in pizzeria con mio cugino Mario; ma la maggior parte del tempo libero la trascorrevo ascoltando canzoni al registratore, di solito sul grande prato che delimita l'Elba dalle parti di Altona, mentre pensavo alla ragazza del paese con una nostalgia disperata, più che con amore.

A volte registravo le storie degli emigranti in Germania, i cosiddetti germanesi, mio padre compreso. Mi affascinava il loro modo di parlare, un gustoso miscuglio d'italiano, tedesco, dialetti e parole inventate italianizzando il tedesco o tedeschizzando l'arbëresh.

Di sabato accompagnavo la mamma a fare la spesa grande. Era uno spettacolo vederla contrattare sui prezzi come faceva con gli ambulanti al paese. Le cassiere rispondevano gentili che non era possibile, «das gibt es bei uns nicht», ma lei insisteva a dire che era troppo caro, «zu viel assai», sfoderando il suo repertorio di gesti teatrali e frasi dal tono compiacente e dal senso misterioso: «Isc pak Geld pak pezzale, tu gut tu, ne?, isc nix arbeit, vet mann-Mann arbeite, tu bella faisctè, ne?». E se non otteneva lo sconto cambiava negozio.

IL PREMIO LETTERARIO

«Crotone» a Carmine Abate

Il premio Crotone 2011 verrà assegnato sabato a ***Carmine Abate****, scrittore calabrese che da tempo vive in Trentino, apprezzato a livello nazionale e internazionale. Un autore che la critica ha definito «per il suo impasto di lingua e di immaginario, una delle più sicure realtà della letteratura italiana d'oggi».*

La cerimonia di consegna avrà al teatro Apollo di Crotone con inizio alle 19 e a premiare Carmine Abate saranno il presidente della Provincia, Stanislao Zurlo, e l'assessore alla Cultura, Giovanni Lentini. Seguirà il reading dello stesso scrittore, che leggerà alcune delle pagine più belle dei suoi romanzi accompagnato dalle musiche di Cataldo Perri e Lo Squintetto.

Quest'anno, nel riprendere il noto premio letterario crotonese che nelle passate edizioni ha visto premiati figure importanti della letteratura contemporanea nazionale (da Sciascia a Pasolini negli anni Cinquanta a Magris e Dacia Maraini in anni più recenti), si è voluto iniziare un nuovo percorso, che, pur restando in linea con la magnificente tradizione dello stesso, tenda a dare risalto alle eccellenze del territorio.

«Con il conferimento del premio Crotone a Carmine Abate, già vincitore di prestigiosi premi, tra cui il premio selezione Campiello, e tradotto in numerosi paesi europei, negli Usa e in corso di traduzione nel mondo arabo, si è voluto infatti - spiegano gli organizzatori - oltre che premiare un grandissimo scrittore, invitare l'appassionato alla lettura dei libri del vincitore, pubblicati da Mondadori: dal suo romanzo di esordio, ***«Il ballo tondo»*** *(1991) fino ai suoi libri più recenti,* ***«Gli anni veloci»*** *(2008, ambientato proprio a Crotone),* ***«Vivere per addizione e altri viaggi»*** *(2010),* ***«Terre di andata»*** *(2011)».*

L'Adige, 21 settembre 2011

LA RASSEGNA AL CINEMA «ASTRA»

Uomini e donne, istruzioni per l'uso

TRENTO - Scatta **oggi, mercoledì, al cinema Astra di Trento, con il film «Potiche» la rassegna «Uomini e donne, istruzioni per l'uso»,** iniziativa dell'assessorato alla Solidarietà internazionale e alla convivenza, ufficio pari opportunità. È tratto dal famoso film di Claude Lelouch del 1996 «Uomini e donne: istruzioni per l'uso», il titolo della rassegna giunta ormai all'ottava edizione. Per cinque settimane, di mercoledì, verranno presentati altrettanti film di grande successo con **proiezioni alle 18 e alle 21** (il costo del singolo ingresso resta di 4 euro). Quest'anno il filo conduttore dei cinque film presentati sarà una considerazione sui vari modi in cui il genere femminile esce dal ruolo tradizionale (come suggerito dal titolo della rassegna) per assumere, in alcuni momenti storici, un coraggioso ruolo da protagonista. Si comincia dunque con «Potiche» (Francia, 2010, di F. Ozon); seguiranno **«La costola di Adamo»** (Usa, 1948, G. Cukor); **«La siciliana ribelle»** (Italia, 2008, M. Amenta); **«We want sex»** (Usa, 2010, N. Cole); **«Angeli d'acciaio»** (Usa, 2004, K.Von Garnier). Informazioni si possono trovare sul sito **www.pariopportunita.provincia.tn.it.**

Fino alla laurea trascorsi le estati in Germania e il resto dell'anno fra il mio paese e Bari, dove studiavo. Le cassette si accumulavano e, disordinato come sono, cominciai a lasciarle dove capitava: nella mia abitazione in paese, nell'appartamento dei miei ad Amburgo o nella stanza alla Casa dello studente di Bari.

Quando la nonna morì, fra le tante cose indimenticabili che mi lasciò ci furono la sua voce da ragazza innamorata e le sue rapsodie: erano storie veloci, tangibili, concrete, sarebbe bastato premere lo start e mi avrebbero accarezzato le orecchie. Stavano al sicuro dentro le mie cassette e dentro di me.

Da allora usai il registratore sempre meno; del resto, dopo la laurea, ero impegnato nella ricerca del lavoro, facevo domande di supplenza per insegnante e segretario in decine di scuole della mia provincia e del Nord Italia, oppure mi stordivo con la mia ragazza del momento.

Una sera d'estate, ad Amburgo, ebbi voglia di risentire la voce calda della nonna. Spolverai il registratore e inserii una delle prime cassette registrate. Premetti lo start, ma il tasto andava a vuoto. Dunque il registratore non funzionava più e io stranamente non ero arrabbiato né deluso. Forse intuivo cosa sarebbe successo a quel punto.

E infatti. La voce da ragazza innamorata echeggiò nella mia mente. Era un invito corale a ballare, un'eco morbida di sospiri e speranze: «Lojmë lojmë, vasha, vallen, Kostantini i vogël ish, vet tre ditë dhëndarr ish...».

Cantava la rapsodia della partenza di Costantino, che ancora giovane e fresco sposo di soli tre giorni fu costretto a lasciare il suo paese. E io, che già da un pezzo mi stavo preparando alla vera partenza, spostai il registratore in un angolo del tavolo e, con il sottofondo canoro della rapsodia, cominciai a scrivere la mia prima storia.

Storia di un emigrante qualunque

Era difficile sentirlo parlare seriamente. Quacciava, come dicono qua: chiacchiere senza un filo logico, perlopiù sul passato o sul futuro, tra risolini e barzellette sguaiate, per concludere che lui non si sentiva né carne né pesce, né a casa né fuori.

Emigrante come tanti, per un motivo non ancora ben chiaro. Lui diceva: «Se volevo, anche laggiù avrei faticato. Ma ero guagnùno quando sono partito; la voglia d'avventura mi ha menzorovinato». E nessuno gli credeva e lui non credeva a nessuno.

Si quaccia al Centro Italiano di Amburgo o si gioca a carte e a scacchi, si beve, si fanno feste con spaghetti e musica italiana, gare di ballo, la tombola a Natale. E inoltre si guarda la televisione italiana, i film, le partite, i quiz, al venerdì, al sabato, alla domenica. I soci sono più di cento, lui per sfotterli li chiamava sorci, perché stanno sempre chiusi nel Centro, e laggiù, diceva, c'è il sole nel cielo grande e l'uva puttanella e i fichi. E poi, con un tono fra l'ironico e il triste: «Eh, se avevo vent'anni di meno!» (luoghi comuni che non possono importarvi).

Tutta qui, o quasi, la sua storia. (E il quasi è conseguente a un giorno scuro di fine ottobre del '49: mentre occupava con i compagni le terre incolte sotto Melissa, sentì gli spari e le grida, e più tardi sulle pietre di Fragalà vide il sangue dei contadini. «Sono morti da eroi» dissero quelli che venivano da Roma, e tutti insieme chiesero a gran voce la riforma agraria. Così anche lui ebbe una quota di terra del latifondo, poca cosa per fare progresso, perché intanto si era sposato e la famiglia cresceva. Allora, come suo padre buonanima, emigrato nella Merica Bona, fece la valigia e andò a faticare in Germania.)

Chiusa parentesi, fuori c'era lui nella realtà della sua vita quotidiana, priva di ideologie astratte; lui che, recitando bene la sua parte, quacciava senza pudore sulla nostalgia.

Insomma, come milioni di italiani; e perché dimenticare la marea di turchi slavi somali cileni greci portoghesi, sballottati qua e là? Tutti uguali a lui. È il laggiù che cambia. Ma il sole c'è sempre e le stelle sono così vicine, diceva certe sere squallide, sospirando forte.

Laggiù iniziò questa storia prosaica come l'interno della fabbrica in cui lavorava.

La scena della partenza è così consueta che descriverla sarebbe superfluo: naturalmente c'è dentro anche la classica valigia di cartone legata con lo spago e la giovane moglie che lacrima con discrezione, i tuffi al cuore, i discorsi in treno: «Parto per un tozzo di pane... poi, chissà, forse anche una casetta».

Fu un disastro all'arrivo: in cinque in una stanza della ditta, quattro italiani e un greco, tutti con storie più o meno simili. Una puzza di piedi terribile, una puzza di chiuso, e laggiù il cielo grande.

Erano gli anni Settanta: spesso anche la domenica si lavorava e gli altri giorni, quattordici ore. Si lavorava sempre. Il guadagno allora non era eccessivo ma, facendo sacrifici, laggiù arrivava un bel gruzzoletto e i figli potevano studiare, facendo sacrifici, dovevano studiare. Soltanto la giovane moglie, con il passare del tempo, diveniva sempre più cupa e grigia, come se vivere fosse solo soffrire. Se volessimo dire chi tra i due ha sofferto di più, non potremmo. La sofferenza non si misura con nessun metro.

E anche dopo che vivevano finalmente insieme, ad Amburgo, la sofferenza nascosta per bene, appena visibile nel fondo degli occhi neri, non cessava, non cessava, proprio come un fiume, un maledetto fiume in piena, che scorre giorno e notte.

Esageriamo, come al solito esageriamo. Non era fiumara quando uno dei figli si laureò, quando nacque il primo nipotino? Forse. Una fiumara che almeno in estate è asciutta. E i ritorni ad agosto? I ritorni con la Mercedes di seconda mano e i sapori ritrovati, il suo paese? Forse.

Il nostro eroe senza medaglie parlava poco di sé e di rado seriamente. (E parlava del suo futuro: «Il prossimo anno torno per sempre». Erano anni che aveva costruito la casa, sistemato la figlia con una buona dote, fatto studiare il figlio per evitargli, diceva, la valigia e via. Perché non tornava? «Il prossimo anno torno per sempre, come il mio compare Michele.» E spiegava, con ammirazione, che con i risparmi residui «compare Michele ha accattato una quota di terra sotto Melissa. Al paese lo stimano tutti. Fa un buon vino forte – ma lui beve solo birra – e spesso ne manda una tanica al figlio che insegna in Germania».)

Tutto qui il suo sogno esibito. Perciò è scarna questa sua storia, come il suo volto prima di morire. E non ce la sentiamo d'inventare cose che non avrebbe mai fatto o pensato. E in questa storia scarna, senza un filo logico, è logico che ci inseriamo noi, che in fondo siamo come lui, e inseriamo anche voi. È come mischiare olio e acqua. Ma in una storia quacciosa di un emigrante qualunque si fa questo e altro.

La fine.

«Laggiù le stelle si possono toccare nelle nottate d'agosto» diceva. Laggiù. E voi sorridete con il tagliacarte dalla parte del manico. Laggiù, dove noi diventeremo polvere.

Quacciava ogni sabato al Centro Italiano, «Se sapevo... siete guagnùni ancora...», ed è morto.

La fine, sì.

E ora diteci, diteci: lo facciamo morire d'infarto e non ancora in età da pensione o schiacciato da una gru o stecchito a causa dei veleni in fabbrica?

Più romantico sarebbe di crepacuore per quel sole che invece non muore, per l'uva puttanella e i fichi che matureranno sempre; non foss'altro che per farvi dire: «Ancora una volta lamentele rozze».

ALTRI VIAGGI

La partenza

Tutto quel bianco mi stordiva, ovunque neve, sulle strade, sugli alberi, sulle montagne circostanti, persino sulle facciate delle case e sulla serpentina di un fiume ghiacciato che costeggiava il paese.

Era una mattinata di sole, ma il sole non si vedeva, se ne percepiva la forza accecante e misteriosa da qualche parte nel cielo. Pure la neve era incendiata di luce corposa. Chiusi gli occhi che avevo tenuto aperti per tutto il lungo viaggio di andata, prima in treno, poi nell'autobus che mi aveva portato alla sede di servizio. E in quel momento, con i piedi gelati, le palpebre serrate con forza, la valigia in mano, ebbi la sensazione che la mia vita precedente fosse già sepolta nella neve estranea, luminosa.

Non era la prima volta che lasciavo il paese: a tredici anni ero andato a vivere a Crotone per motivi di studio, a quasi diciassette avevo raggiunto mio padre ad Amburgo e a diciotto mi ero trasferito a Bari per frequentare l'università. Erano state partenze per scelta familiare o personale, non per costrizione. Al massimo mi avevano lasciato in bocca il sapore dolciastro della nostalgia. Un sapore subdolo, non lo nego, che però passava non appena baciavo le labbra saporite di una ragazza o rimettevo piede nella confusione vitale del mio paese.

Stavolta era diverso. Risentivo le parole trafelate di mia madre: «Cosa vai cercando lassù che al paese nostro non trovi, chi ti prepara un piatto di pasta con le polpette quando torni dalla fatica?». Risentivo le parole ironiche dei miei amici non ancora partiti: «Non preoccuparti della tua bella zita, la consoliamo noi». E mio padre, il più sconsolato di tutti: «Senti a me, bir, non partire».

Mio padre conosceva il dolore della partenza, la sua ferita invisibile agli occhi degli altri, ma non per questo meno sanguinosa. Non voleva che partissi, me lo diceva in mille modi, punzecchiando il mio orgoglio sottopelle: «Ma che minchia ti sei laureato a fare, se parti come un pincopallino qualsiasi? E che è valùta la mia migrazione, i sacrifici di tutta la famiglia, se te ne vai lontano dalla tua gente, dalla tua terra?».

Però la mia gente e la mia terra non avevano fatto niente per trattenermi. Lo sapeva pure mio padre. A dire il vero, dopo la laurea, avevo ottenuto qualche supplenza nella scuola media del mio paese. E dovevo pure ringraziare i professori, ufficialmente in malattia, che dividevano il mese di aspettativa in due o tre spezzoni inferiori a quindici giorni perché avessi la precedenza, in quanto residente, sugli altri colleghi in graduatoria.

Avevo fatto i miei calcoli: di quel passo, nella migliore delle ipotesi, avrei trovato un posto fisso a quarant'anni. Io invece fremevo, volevo essere utile e indipendente, perciò dopo il servizio militare a Roma avevo presentato domanda d'insegnamento in provincia di Sondrio. Altrimenti che minchia mi ero laureato a fare?

"Pregasi accettare entro 24 ore." Così terminava il telegramma che mi comunicava il primo incarico di diciotto giorni di supplenza. Non avevo altra scelta. «Senti a me, bir, non partire.» Ero partito. Forse per sempre.

Entrai nella segreteria della scuola con il telegramma in mano e il certificato di laurea in valigia. Avevo i jeans bagnati fino alle ginocchia. Sentivo freddo.

«Al mio paese stavo in maglione» dissi alla segretaria per giustificare il mio abbigliamento e la sensazione di gelo esagerato che avevo dentro e pensavo trasparisse.

Lei sorrise comprensiva. Dall'aspetto e dall'accento mi pareva che venisse da Eboli in giù, come me. Disse dispiaciuta: «Purtroppo la supplenza è alla succursale di Livigno; se si sbriga c'è un autobus che passa fra cinque minuti ed è diretto a Trepalle; da lì potrà raggiungere Livigno in autostop. Oggi avrebbe le ultime due ore di lezione, sempre se riesce ad arrivare in tempo. Intanto firmi qui, per l'accettazione, e buona fortuna, professore».

Professore? Ero un giovane che arrancava nella neve trascinandosi una valigia pesante e il proprio orgoglio congelato: non volevo perdere il primo giorno di lavoro e nello stesso tempo volevo ritornarmene a casa.

Salii sull'autobus, feci il biglietto e mi sistemai in un sedile davanti, il più vicino all'autista. Ero l'unico passeggero. Le ruote con le catene s'inerpicavano in salita, falciando la neve con un rumore stridulo e ritmico. Cercai oltre il finestrino un punto familiare per riposare lo sguardo stanco e non pensare più a niente. Ma il paesaggio era neve, un bianco senza inizio e senza fine.

«Quanta neve… e domani dovrebbe riprendere a fioccare!» disse l'autista girandosi per un attimo verso di me.

«Non ne avevo mai vista così tanta» risposi io, sincero e gentile.

«Ha nevicato una settimana intera. Per lei è proprio un bel battesimo della neve, viene dalla Sardegna, vero?»

«No, dalla Calabria.»

«Dall'accento mi sembrava sardo. Comunque vedrà che la neve le piacerà: il paesaggio è così silenzioso e puoi pensare ai fatti tuoi con calma. Poi arriva la primavera ed è un paradiso tra queste montagne, tutto pieno di fiori, come da voi in Sardegna.»

Scesi al capolinea, nel paese di Trepalle, in uno spiazzo senza nome perché le insegne erano ricoperte di neve. Non c'era anima viva. Aspettai che da qualche parte sbucasse un'auto diretta a Livigno.

Passarono pochi minuti, un'eternità in quel bianco silenzioso. Perché non avevo ascoltato mio padre? Perché ero partito? Poi sentii un rumore ovattato che avanzava verso di me assieme a un'ombra informe. Era una macchina grande e innevata, forse una Mercedes o una Volvo. Lasciai affondare per un attimo la valigia nella neve e con entrambe le mani gelate feci il segno dell'autostop.

La macchina non riuscì a frenare, mi superò e si fermò a una decina di metri da me. La raggiunsi a fatica. L'autista aprì il finestrino.

«Mi scusi, va a Livigno? Mi darebbe un passaggio?» gli chiesi con il fiatone.

«E dove vuoi che vada! Da qui si va solo a Livigno. Sali, guaglio'. La valigia mettila sul sedile posteriore.»

Lo ringraziai mille volte, spiegandogli che mi aveva salvato il primo giorno d'insegnamento.

«Ringraziami alla fine» disse lui. «Ancora non siamo arrivati.»

La sua mi sembrò una battuta scherzosa, del resto era napoletano verace, disse, anche se viveva a Sondrio da vent'anni, lavorava in un ufficio postale, gli piaceva scherzare e divertirsi, andava a Livigno per fare il pieno e acquistare qualche elettrodomestico perché Livigno era zona franca e la benzina e tutto il resto costavano molto meno.

Poco dopo cominciò la discesa. E tutti i miei riccioli superbi si raddrizzarono dalla paura. Le gomme senza catene non ruotavano, scivolavano veloci e leggere, la macchina pareva una grossa slitta priva di controllo che rallentava a tratti, strofinandosi lungo i costoni di strada più alti e protetti da neve soffice, per poi riprendere la sua folle corsa nei tornanti in discesa.

L'uomo canticchiava tranquillo e intonato, «Che bella cosa è na jurnata 'e sole», sorrideva pure, e intanto girava il volante a destra e a manca con movimenti rapidissimi che a me sembravano inutili, «l'importante è non uscire dalla carreggiata» diceva, e poi riprendeva a cantare *'O sole mio*, mi consigliava di non frenare mai sulla neve, altrimenti si perde il controllo del mezzo, e io pregavo Sant'Antonio di non farci incontrare una macchina in salita, «chi vuoi che salga con tutta questa neve... n'aria serena doppo na tempesta», e di non finire seppelliti in un burrone profondo, ci avrebbero ritrovati in primavera, morire il primo giorno di lavoro, che destino bastardo, non partire, bir, perché ero partito?

«Eccoci arrivati sani e salvi» disse l'uomo prima ancora che la sua macchina si fermasse. Eravamo entrati in paese da un minuto e la strada cominciava a salire, rallentando di fatto la nostra corsa.

L'uomo frenò platealmente davanti a un distributore di benzina, sull'asfalto senza neve. «Fine corsa. Siamo arrivati. Vedi quell'edificio che sembra un blocco di ghiaccio? È la tua scuola. Vai, guaglio'. Sbrigati che cominci puntuale. L'importante, nella vita, è cominciare.»

Afferrai la valigia con nuova energia. «Grazie, davvero, non so come ringraziarla, grazie.»

«Sbrigati» tagliò corto lui.

Entrai a scuola di corsa. Erano le undici e un minuto. Mi venne incontro un signore calvo e basso che si presentò come vicepreside. «Lei è il supplente di lettere, vero? I ragazzi di terza l'aspettano.»

Gli sorrisi orgoglioso, cercando di spiegargli come fossi riuscito ad arrivare in tempo, malgrado tutta quella neve; mi tranquillizzava il fatto che il vicepreside avesse un aspetto e un accento da Eboli in giù. Ma lui non mi ascoltava. Indicò la porta della terza e disse secco: «Si sbrighi, è già in ritardo».

Entrai in classe. La campanella aveva suonato da due minuti. Ero sudato. Appoggiai la valigia accanto alla cattedra e mi presentai.

I ragazzi mi degnarono appena di un minuto di attenzione, per comunicarmi che in quelle due ore avevano storia e antologia e che in storia erano arrivati all'Unità d'Italia, un argomento che conoscevo bene. Così riuscii a improvvisare una bella lezione sui problemi italiani dopo l'Unità, il brigantaggio, l'emigrazione, e introdussi il concetto di Questione meridionale; ma i ragazzi continuavano a parlare tra loro sottovoce o mi sbadigliavano in faccia o sfogliavano i diari o scrivevano sul banco.

Invano chiesi un po' di attenzione, raccontai del lungo viaggio che avevo fatto per essere lì con loro, dell'importanza di quel periodo storico per capire l'Italia di oggi. M'ignorarono per entrambe le ore e, al mio ennesimo tentativo di catturare il loro interesse, un ragazzo alto e simpatico mi spiegò sincero che a lui non gliene fregava niente della storia, che il lavoro ce l'aveva già, era figlio di un albergatore, disse, come tanti suoi compagni, la scuola era una perdita di tempo, gli serviva solo per imparare un po' le lingue, mentre il resto non gli importava affatto, sapeva già come si guadagnano i soldi.

Quando suonò l'ultima campanella fu una liberazione per tutti.

Uscii dalla classe con la valigia in mano e senza la più vaga idea di dove sistemarmi per quei giorni. Per fortuna nel cortile della scuola mi aspettavano due giovani donne che si presentarono come colleghe. Non ci fu bisogno di spiegare cosa cercassi, lo sapevano già. Mi diedero il benvenuto e m'invitarono da loro: «Sarai stanco e avrai fame».

La casa era grande e calda. In cucina mi accolsero altre due donne e un uomo che avevano preparato il pranzo per tutti. «Se vuoi puoi alloggiare da noi, nella stanza del collega che sostituisci. È rimasto al suo paese, in malattia, dopo le vacanze natalizie» dissero a voce alta per sovrastare le canzoni che provenivano da una radio posta sul ripiano della credenza.

Accettai l'invito di buon grado. «Grazie. È una fortuna per me avervi incontrato...» gridai. E una di loro, urlante e sincera: «È una fortuna reciproca, visto che dovrai contribuire alle spese».

Durante il pranzo sentii le loro storie a sprazzi, fra una canzone e l'altra. Erano tutti insegnanti precari, tre venivano da Eboli in giù, due dal Lazio e una dalla Toscana. Facevano la spesa a turno e a turno cucinavano, lavavano i piatti e pulivano la casa.

Mangiammo un'amatriciana che mi parve eccezionale, la più gustosa della mia vita, forse perché avevo una fame arretrata, avendo saltato la cena e la colazione. Ero grato ai colleghi, mi brillavano gli occhi per la contentezza e l'ottimo vino toscano che avevamo bevuto. E alla fine, senza battere ciglio, mi pulii le labbra con un morbido tovagliolo fatto di carta igienica. «Per risparmiare, tanto sempre carta è» si giustificarono in coro.

Poi ammutolirono tutti insieme, lo sguardo incollato sulla bistecca ai ferri. La voce di Celentano che cantava di un pomeriggio azzurro, troppo azzurro per me, riempì la stanza. Ecco da cosa dipendeva quel silenzio religioso.

Li fissai di sbieco: masticavano quasi con rabbia, immersi in pensieri oscuri. Sono dei nostalgici incazzati, giudicai. Mi sentivo ancora lucido. E in quell'atmosfera estranea, tra persone che però mi sembrava di conoscere da sempre, chiusi gli occhi e rifeci il viaggio di andata a ritroso.

Rividi il paese al tramonto, riassaporai le polpette di mia madre, entrai al bar Viola per giocare a carte con i miei amici, feci un'ultima passeggiata solitaria lungo il corso, baciai la bella zita di nascosto – mentre Celentano cantava «allora io quasi quasi prendo il treno e vengo, vengo da te» – e mi accorsi che non ne ricordavo perfettamente il sapore, segno che forse di lei non ero innamorato abbastanza. Infine risentii il consiglio di mio padre che non avevo seguito: «Senti a me, bir, non partire».

La ferita invisibile mi bruciava in qualche punto remoto del cuore o della testa. Non mi ero pentito, però. O forse sì. Era troppo presto per i bilanci. Senza contare che la fatica del viaggio, la neve, il vino mi avevano sfiancato, ora non ero più lucido, stavo per addormentarmi sul piatto.

Per fortuna Celentano finì di rivangare le nostre estati mitiche e innamorate: «Ma il treno dei desideri, nei miei pensieri all'incontrario va». E tutti si risvegliarono dal torpore dei ricordi, ripresero a sorridere e a consolarmi: «Vedrai che ti abitui come noi a questa vita». Poi mi dissero: «Ora vai a riposarti, sarai stanco morto. Dopo, se vuoi, giochiamo a carte. Qui la cosa più dura è passare il tempo libero, in quest'inverno di neve che ti stordisce».

Vita da supplente

Ogni sera, prima di cena, telefonavo. Di domenica ai miei genitori; gli altri giorni, a turno, a quelle che mi ostinavo a considerare le mie ragazze, ma ormai erano diventate solo delle voci struggenti che provenivano da una vicina lontananza. Sentivo il loro soffio sull'orecchio come la carezza di un fantasma. Dentro di me le chiamavo la ragazza di Roma, la ragazza del paese, quella di Bari e poi le due di Amburgo, la tedesca e la greca. Ragazze di luoghi amati in cui ero vissuto più o meno a lungo. Non le chiamavo quasi mai per nome da quando una sera avevo confuso Alessandra con Ornella e, un'altra, Nicholinas con Monika.

«Scusami, scusami» mi ero affrettato a dire, «sono stanco oggi, ho fatto cinque ore di lezione e, di pomeriggio, un barboso collegio docenti.»

E loro: «Chi sarebbe questa Ornella?», «Und wer ist Monika?». Non erano gelose, dicevano, però volevano saperne di più su chi portava il nome che mi era sfuggito.

«Un'amica di tanti anni fa» rispondevo. La banale giustificazione correva dentro il filo del telefono sospinta dalla mia voce imbarazzata. Per essere più credibile aggiungevo bugie su bugie, spesso arrossivo ma per fortuna loro non mi vedevano. Ero professore supplente di lettere e stavo diventando maestro di ruolo in bugie, così raffinate che mi parevano vere: «Non faccio altro che pensarti, mi manchi troppo, non vedo l'ora di abbracciarti» dicevo. A tutte.

E loro: «Quando torni, amore?».

«Presto, torno presto, ho ancora qualche giorno di supplenza a Sondrio e, se non mi chiamano in un'altra scuola, salgo sul primo treno e vengo.»

Mesi e mesi di telefonate bugiarde per nascondere a me stesso la solitudine.

Sabato era il mio giorno libero dalla scuola e dal telefono. La serata me la riservavo per andare a cena, al cinema o a ballare con qualche collega del posto. Per rendermi interessante spesso parlavo di un cuore in due scisso, partendo da lontano, dalla mia infanzia in Calabria e dalla mia madrelingua. Fino a sei anni sapevo parlare solo arbërisht, raccontavo, anzi ero convinto che l'italiano, la lingua che avrei imparato a scuola, fosse il napoletano delle canzoni che cantavano i teatristi durante i loro spettacoli estivi in piazza e mio padre di mattina, quando si faceva la barba. I primi anni di scuola li avevo vissuti davvero come un bambino straniero che per quattro ore doveva spogliarsi della sua lingua e indossarne, con difficoltà e sofferenza, una che gli andava stretta.

E la collega di turno: «Però parli bene in italiano».

«Sì, abbastanza, grazie per il complimento. L'ho studiato pure all'università e infatti lo insegno» rispondevo con un'ironia che non tutte capivano.

«Allora hai un'identità bicefala, due anime, insomma, o cose del genere» dicevano le più perspicaci stando al gioco.

Siccome su questo avevo le idee confuse, citavo dei versi di Umberto Saba: «O mio cuore dal nascere in due scisso / quante pene durai per uno farne!».

In realtà il mio cuore era una sorta di spezzatino, scisso in quattro o cinque parti che mi scombussolavano la vita e non riuscivo a ricomporre neppure sulla carta, quando di notte scrivevo le mie storie. Circondato dal buio e dalle ombre, il bosco e il cielo nero che si aprivano in alto, oltre la finestra socchiusa, ritrovavo me stesso e mi riperdevo spaventato, camuffandomi così bene tra i miei personaggi da non riconoscermi più in nessuno di loro. E non distinguevo nemmeno le mie cinque ragazze che diventavano una sola persona, una sintesi del fascino di ognuna, l'unico grande Amore dell'io narrante.

Alle colleghe del posto non potevo svelare il mio segreto, allora parlavamo della scuola e loro si lasciavano stringere la mano, accarezzare i capelli, la guancia: tutti bei passi in avanti per la socializzazione come la intendevo io.

Il lavoro d'insegnante mi piaceva molto. L'unico guaio era che appena ti affezionavi ai ragazzi, la supplenza finiva e dovevi cambiare scuola. Dopo Livigno ero stato chiamato a Chiesa in Valmalenco per ventuno giorni, a Tirano per sedici, e poi in cinque o sei scuole minuscole della provincia di Sondrio, in paesi gelati di notte e di giorno, dove gli unici luoghi caldi erano i bar che puzzavano di vino.

Per mia fortuna i ragazzi di valle mi prendevano sul serio, soprattutto quando la supplenza era a cavallo fra due trimestri e i voti in pagella dovevo darli io. Da parte mia cercavo di motivarli con attività che piacevano anche a me: li portavo ogni settimana in biblioteca per appassionarli alla lettura e facevo scrivere poesie, raccontini, articoli per il giornalino e lettere formali indirizzate alle ambasciate europee a Roma con richiesta di materiale per ricerche geografiche. Spesso ero costretto a lasciare questi lavori a metà, però i ragazzi erano così entusiasti che mi promettevano di continuarli con l'insegnante titolare.

La supplenza più lunga la ottenni all'Istituto alberghiero di Bormio, ben tre mesi di fila, per me un record e un'esperienza indimenticabile, anche se l'accoglienza non fu delle migliori: entrai alla seconda ora e il bidello mi voleva cacciare dalla scuola avendomi scambiato per un alunno ritardatario. Indossavo jeans e scarpe da ginnastica, avevo un cespuglio di capelli ricci, una barbetta lunga, ancora tenera, da adolescente. Del resto ero fresco di laurea, i ragazzi di quinta avevano pochi anni meno di me, che ne avrei compiuti ventitré quell'autunno, e all'inizio fui costretto a mostrare la mia faccia più carognesca per farmi rispettare: pretendevo la massima attenzione quando spiegavo, mettevo note sul registro appena sgarravano, più che interrogarli li umiliavo e i voti erano sempre bassissimi. Cambiavo atteggiamento durante il pranzo nella mensa della scuola, accettando volentieri di fare da cavia alle pietanze sperimentali dei ragazzi. E intanto risparmiavo.

Fra una supplenza e l'altra spesso passavano settimane, e io trascorrevo le mie giornate nei bar a leggere il giornale, a mangiare un panino con formaggio e a bere una birra, a telefonare alle mie ragazze o ai miei, ignorato con discrezione dagli avventori locali, dopo un iniziale saluto distratto.

In quasi ogni paese m'imbattevo in una piccola colonia di meridionali. La maggior parte erano insegnanti di ruolo sempre alle prese con le domande di trasferimento nelle regioni di origine, la loro aspirazione più grande, che spesso s'infrangeva contro la montagna di uguali richieste da tutte le scuole del Nord. Altri erano medici, impiegati postali, applicati di segreteria o supplenti come me e Domenico, con cui condividevo un piccolo appartamento a pochi passi da un fiume ghiacciato nel paese di Isolaccia. Domenico era molto più organizzato di me, teneva la casa pulita, cucinava per entrambi e spesso lavava pure i miei panni sporchi.

La sera ci incontravamo al bar con Rino, Antonio e il resto della colonia e, nel fumo denso delle sigarette, discutevamo di tutto: dai problemi prosaici dei punteggi per le graduatorie al nostro sogno di cambiare il mondo. Solo che ognuno di noi lo voleva cambiare a modo proprio e le ideologie si scontravano fino all'offesa personale, sei stronzo, ciòto, deficiente, ignorante, non capisci niente di politica, quelli ci vogliono succhiare il sangue, quelli ci hanno sempre sfruttato, quelli pensano solo alle loro tasche, gliela faremo pagare: le violenze verbali rimbombavano come i pugni sui tavolini.

La gente del posto ci guardava con curiosità mista a diffidenza. I colleghi sposati lasciavano le mogli a casa, al bar eravamo solo maschi, quasi tutti con la barba lunga per resistere al freddo e per camuffarci. Ogni tanto qualcuno del paese ironizzava su di noi, ci accusava di fregargli il lavoro, lanciava frecciate e poi nascondeva la mano, sorridendo.

«Ma guarda che al suo posto insegnava una studentessa universitaria» rispondeva Rino indicando me, «cioè una che non aveva ancora il titolo e la preparazione per l'insegnamento; e prima che arrivassimo noi, per dirne una, il meccanico del paese insegnava educazione fisica. Noi non rubiamo nessun posto, prendiamo quello che ci spetta.»

Io mi allontanavo dalla mischia per la telefonata serale, non avevo donne con cui uscire a Isolaccia, e a ogni gettone che veniva ingoiato dalla fessura con un risucchio pauroso franava una mia bugia e mi faceva sempre più male. «Mi manchi, ciao» dicevo alla fine con lo stesso sussulto di sincerità a ognuna delle mie ragazze. Poi tornavo dai compagni a respirare il fumo delle sigarette e delle ideologie velenose.

A maggio la Valtellina si trasformò in un paesaggio incantato: gli alberi e i prati erano fioriti, i fiumi gorgogliavano tra i sassi con allegria, il cielo sopra le montagne senza neve splendeva di luce abbagliante. Solo che i colleghi, con il bel tempo e l'avvicinarsi delle vacanze estive, non si ammalavano più. Quando ormai mi ero rassegnato a rientrare in Calabria o dai miei ad Amburgo, ottenni un incarico di segretario nella scuola media di Ponte in Valtellina, un bel paese non molto distante da Sondrio.

A differenza dell'insegnamento, il lavoro in segreteria non mi piaceva; in compenso, quando non venivano i professori a rompere con le loro pratiche, avevo il tempo di battere a macchina poesie d'amore per le mie ragazze e i primi racconti venati di una nostalgia rabbiosa, che provavo soprattutto di notte, da solo sul letto della mia camera ammobiliata, ma che non volevo sentire, tappavo le orecchie come se ne udissi la voce o cercavo di pensare ad altro per addormentarmi.

«Non voglio diventare un nostalgico incazzato» dicevo il giorno dopo alle colleghe; e loro mi sorridevano con dolcezza, capivano che in quei momenti ero sincero, però la mia inquietudine fasciata di ironia non riuscivano mai a coglierla, e allora riprendevo a parlare del cuore in due scisso. Scisso in due parti perfettamente uguali e ipocrite. E vuote. Questo era. Perché quelle discussioni sul cuore raro che dicevo di avere erano penosi imbrogli per trascinare qualcuna di loro nella mia stanza.

Sì, mie ragazze lontane, vi tradivo. E pur non raccontandovi i miei tradimenti, a volte vi facevo ingelosire, dicevo che ero uscito con una collega simpatica, un po' più anziana di me e molto carina. Ma poi ci stavo male, perché eravate voi che volevo, voi che amavo, vi amavo di più ora che eravate lontane. Volevo voi, almeno una di voi, e portavo le altre nella mia camera, con la tattica del cuore scisso.

Di domenica ritornavo figlio affettuoso e sincero. Ai miei genitori parlavo dell'ennesimo trasloco: «Il problema non è tanto il trasporto della mia valigia e del borsone, dei cartoni con i libri che diventano sempre di più, del fornellino elettrico che mi ha regalato mia sorella e che si sta rivelando utilissimo per il caffè e qualche spaghettata aglio, olio e peperoncino. È fare e disfare ogni volta i bagagli che mi scoccia, rimettere tutto a posto per non soffocare nel disordine perché le stanze in affitto sono sempre piccole».

Dalle loro domande apprensive intuivo che si preoccupavano più del dovuto: «Almeno mangi? Stai bene di salute? Hai bisogno di soldi?». E allora rispondevo che al momento abitavo all'Osteria da Nello, non pagavo tanto per essere a pensione completa, avevo una camera con bagno abbastanza spaziosa e potevo contare su tre pasti abbondanti, quasi come quelli della mamma. Era una cucina casereccia, molto saporita: i pizzoccheri, la specialità del luogo, mi piacevano da morire, stavo ingrassando a vista d'occhio, dopo il dimagrimento forzato dei mesi scorsi. Ma la cosa più bella era che mangiavo in mezzo alla gente, il locale era sempre affollato, clienti che venivano soprattutto da Sondrio, visto che la cucina era genuina, e tanti vecchi che vivevano da soli. Mi ricordavano i vecchi del mio paese, gli stessi sguardi dignitosi e umili, gli stessi volti scavati dalle sofferenze. Con alcuni avevo fatto amicizia, mi riservavano un posto al loro tavolo, mi raccontavano la loro vita. Il più anziano era muto dalla nascita, però mi parlava con gli occhi, accogliendomi sempre con un sorriso di benvenuto. M'invitava a inzuppare il pane nel vino; dopo ruotava l'indice sulla guancia mal rasata per dirmi quanto era buono.

«Ma ti occorrono soldi? Quanto ti mandiamo?» insistevano i miei.

«No, grazie lo stesso, non ne ho bisogno: mi hanno pagato da poco la supplenza all'Istituto alberghiero di

Bormio. E voi come state? La pressione della mamma è sempre alle stelle? Come? Mia sorella con la sua famiglia si vuole stabilire ad Amburgo? Ne sono felice. Così non starete soli.»

L'indomani a scuola. L'applicata di segreteria era una signora del paese piena di esperienza, mi aveva preso in simpatia, sbrigava tutto il lavoro per me. Io dovevo solo firmare i certificati, le buste paga, gli avvisi. Perciò avevo tanto tempo per pensare alle mie storie da vivere e da scrivere. Un altro al mio posto si sarebbe adagiato su quel dolce far niente. Inoltre ero incaricato a tempo indeterminato e a breve sarei passato di ruolo: avrei potuto sistemarmi, finalmente. Ma io mi annoiavo dopo un'ora in segreteria e dieci firme. E aspettavo con ansia la prossima proposta di supplenza lunga per andarmene di corsa.

Una sera, mentre leggevo nella mia camera, la proprietaria dell'Osteria mi chiamò a gran voce: «Professore, la vogliono al telefono, scenda subito».

Mi precipitai per le scale con un brutto presentimento, non mi chiamava nessuno a quell'ora, temevo che fosse successo qualcosa ai miei genitori o a mia sorella. Afferrai la cornetta e riconobbi subito la voce della mia ragazza del paese. Era sconvolta, non riusciva a completare una frase, singhiozzava come una bambina.

«Che cos'hai, che cos'hai, parla, per favore» le chiesi con insistenza.

«Questa notte ho fatto un brutto sogno... un incubo.. non volevo crederci... ti graffiavo con rabbia e tu sanguinavi sangue vero, mi ridevi in faccia e non la smettevi... avrei potuto ucciderti se non mi fossi svegliata e tu non fossi sparito nel buio della notte.»

«Un sogno? E piangi per un sogno?»

«Sì, io ti ho visto nel sogno che andavi a braccetto con altre ragazze... le baciavi per farmi dispetto, erano belle, due mi sembravano straniere...»

«Ah, sì? E quante erano nel mio harem, se le hai contate tutte?» chiesi in tono scherzoso cercando di dissimulare il mio sconcerto.

«Erano quattro, cinque con me, e io ti chiamavo bastardo perché ti sei comportato da bastardo... nel sogno, voglio dire, ma per me è stata una pugnalata al petto, vera, sanguinante... stavo per morire di dolore, piangevo senza lacrime, davo pugni e graffi al cuscino... ho strappato la federa con le unghie...»

Pensai rabbrividendo: come ha fatto a sapere? Chi mi ha tradito? A lei dissi: «Ma dài, ciotarella, è stato solo un brutto sogno: i sogni vanno letti all'incontrario. Io amo solo te e tu lo sai».

«Se mi amassi torneresti da me, al nostro paese.»

«Torno, torno presto, non preoccuparti.»

«No, tu non torni più, me lo sento...»

«Ascoltami, Chiara, non puoi disperarti per un sogno. Io sono qui in carne e ossa, questa voce è la mia e ti giuro che amo solo te» la rassicurai e mi accorsi che finalmente l'avevo chiamata per nome, senza paura di confonderla con un'altra.

Chiara sembrò calmarsi. Mi disse che al paese faceva un freddo polare, ancora più freddo senza di me, mi mandò un bacio schioccante e riattaccò.

Quella sera, a cena, il vecchio muto mi accolse con un sorriso di compassione, come se avesse captato la mia angoscia. E mentre inzuppava il pane nel vino e con lo sguardo m'invitava a sfogarmi, gli riferii della telefonata, del sogno assurdo di Chiara che sicuramente era una soffiata, gli dissi che non volevo perderla e che mi stavo comportando da marinaio fra le montagne, maestro di bugie, stronzo. E che, non sapevo come, Chiara conosceva tutta la verità ma aveva escogitato il trucco del sogno perché mi amava sul serio e voleva indicarmi una via di scampo da quel labirinto balordo che mi ero costruito con la mia mente contorta.

Lui mi sorrise, un bel sorriso d'incitamento, grintoso, parlante: ora vai, vai giovanotto, vai a fare quello che devi.

Il telefono a scatti dell'Osteria era libero. Feci quattro chiamate necessarie e dolorose. Due ragazze riattaccarono la cornetta con violenza come se avessero voluto fracassarmi la testa. Una pianse inconsolabile fino a quando fui costretto a interrompere la telefonata. La quarta ammutolì fin dal mio esordio senza scampo: «Mi dispiace dirti che la nostra storia...». Finito, tutto finito. Ero sollevato, camminavo leggero verso il tavolo del vecchio, avevo fame, l'angoscia di quei mesi si stava finalmente diradando come nebbia.

La sera dopo chiamai Chiara per dirle che avevo ricevuto una supplenza di sette mesi nei corsi d'italiano della circoscrizione consolare di Amburgo: «Mi sistemerò dai miei genitori e farò il pendolare tra Amburgo e le altre sedi di servizio che sono Brema, Lubecca e Bremerhaven. Sarà faticoso, lo so, ma mi abituerò anche a questa nuova vita da supplente all'estero. Noi? Ti giuro che ci rivedremo alle vacanze di Pasqua. E che non farai più brutti sogni. Ti amo, Chiara, ti amo più di prima».

Il vecchio mi aspettava al tavolo con due bicchieri pieni fino all'orlo. Mi lanciò un sorriso misterioso e bevve d'un fiato il suo vino, augurandomi buon viaggio con gli occhi.

Il cielo di rondini

Stavo pensando alle rondini, in quel momento, anzi a Chiara in piazza, sotto il cielo di rondini, e perciò la voce dell'uomo seduto alla mia destra mi ha infastidito: «Guardi giù le nuvole» ha detto. «Sembrano il prato soffice di ovatta del paradiso: come la pubblicità di quel caffè che fanno alla TV italiana. La conosce?»

Non gli ho risposto; l'uomo non si è scoraggiato e ha aggiunto: «Da quando abbiamo la parabolica, la vediamo ogni sera, la TV italiana: è piena di tette e coglioni ma almeno parlano la nostra lingua. Vive in Germania anche lei, vero?».

Ho annuito e sorriso per gentilezza. L'uomo mi ha guardato dritto negli occhi. «Sta bene? Ha paura di volare?» mi ha chiesto. Mi è venuto in mente il mio primo volo: avevo davvero paura, ma accanto a me c'era Chiara che mi stringeva la mano, come si fa con un bambino impaurito.

«No, no» gli ho detto. «Tutto a posto.»

In verità, più che paura, provavo un senso di vertigine per quel viaggio troppo veloce. Di solito quando ritornavo al paese, in macchina o in treno, da Amburgo, avevo a disposizione la distanza dei 2563 chilometri e le trenta ore o più di pensieri e respiri profondi per allenarmi al tuffo nell'afa, dopo aver debellato nella testa la febbre dei giorni precedenti la partenza. Spesso si presentava ai miei occhi un'immagine festosa: le rondini, un cielo di rondini vocianti e pazze, il cielo della piazza del mio paese, e Chiara seduta sul muretto ad aspettarmi. Poi lei mi aveva raggiunto ad Amburgo, l'aveva fatto per me. «Sono un'emigrante per amore» mi ripeteva fino alla nausea. Ma lo capivano pure le pareti di casa che era pentita di quel passo e non aveva il coraggio di tornare indietro.

I primi tempi, per non restare sola, mi seguiva nelle città dove insegnavo: due sere nei corsi per lavoratori a Lubecca, un pomeriggio nel corso d'italiano a Bremerhaven, altre due sere a Brema e una ad Amburgo-Dammtor.

In attesa che terminassi le lezioni, lei girava per le strade come una turista annoiata. E anche ad Amburgo sembrava di passaggio. «È una bella città, d'accordo, ma troppo grande per i miei gusti» mi diceva quasi ogni sera. Era la sua unica lamentela, poi mi stringeva forte come una bambina smarrita. Ventidue mesi di sofferenza, per lei. Lo intuivo dai suoi silenzi prolungati, dai suoi sguardi lontani. Il suo corpo era lì accanto a me o abbracciato a me, ma la sua testa sembrava che vagasse chissà dove. Tornava in sé solo quando le ricordavo che al paese non avevamo un lavoro e che l'amore, il sole, le rondini riscaldavano l'anima, però non ci davano il pane, il futuro.

L'uomo mi ha letto negli occhi. «Anch'io» ha detto, «mi sento intontito: siamo in volo, dentro il cielo, senza strade né indicazioni e andiamo dritti verso la nostra meta. Mi sento leggero come una farfalla.» Stavo per correggerlo: «Come una rondine». Ma l'uomo mi ha preceduto: «Che meraviglia!» ha aggiunto. E si è allungato sulla poltroncina più che poteva, con il viso estasiato rivolto al finestrino.

Ho chiuso gli occhi e ho rivisto le rondini che volavano nella direzione opposta alla mia. Un attimo dopo sono stato catapultato ad Amburgo, come in un incubo da dormiveglia. Lei che mi aspetta con le sue valigie sul pianerottolo di casa. «Me ne torno in paese» dice, «il nostro amore si sta afflosciando come un palloncino. Tu non hai colpe. Forse è mia la colpa, forse è di questa città straniera che non riesco a sentire nostra. E anche i tuoi occhi a volte mi sono stranieri, li guardo e non li riconosco. Ogni giorno che passa mi sento più appassita e non ho ancora trent'anni. Addio, amore.»

Le apro il portone con un sorriso strafottente sulle labbra. Ingoio le parole confuse che si sono appiccicate in un grumo amaro di saliva e da lontano, quando lei sta entrando nel taxi, le urlo beffardo: «Salutami le rondini, ti raccomando!».

Quando la voce del comandante ci ha comunicato che stavamo sorvolando gli Appennini, l'uomo si è voltato verso di me e mi ha sorriso come un angelo dai capelli bianchi e ondulati. Sotto le sopracciglia folte e nere, il suo viso luccicava di serenità e, se non fosse stato per le borse che gli ovattavano gli occhi, lo si sarebbe potuto scambiare per un trentenne precocemente incanutito. Invece si capiva che le borse erano di vecchia data, gonfie e incallite, come delle cicatrici che non fanno più male

«La vedo dibattuto tra problemi e domande senza risposta» mi ha detto sorprendendomi. E poi, per fortuna, mi ha chiesto: «Dove va di bello?».

Ho risposto con l'intenzione di spiazzarlo: «A rivedere le rondini, al mio paese».

Lui ha sorriso. «È una bella idea!» ha detto.

Ho risentito il garrire delle rondini mentre guardavo frastornato verso la hostess che mi chiedeva se volessi qualcosa da bere. Ho fatto no con la testa.

«Che pensi?» mi ha chiesto l'uomo.

«Banalità» ho risposto io, un po' meravigliato non solo per quel passaggio improvviso al tu, come se ormai fossimo in confidenza. Per un momento ho creduto che mi avesse letto nella mente. Nell'anima no, perché da quando Chiara era partita la mia anima si era chiusa a riccio e nemmeno io riuscivo più a entrarci. Invece lui ci è arrivato subito: «Tu hai delle pietre che ti ostruiscono la porta dell'anima. Levale, tu ce la fai, hai una grande energia, la sento anch'io».

Dio mio, ma come parla costui? Pietre, porta dell'anima, fa il poeta con me? Sai quanto me ne frega della poesia, in questo periodo!

Ho cominciato a sospettare che fosse un po' strambo, ma forse uno così avrebbe potuto capirmi, perché le persone cosiddette normali che conoscevo erano interessate piuttosto ai loro progetti per il fine settimana, per le vacanze, per il futuro, mi passava la voglia di confidarmi, andate a farvi fottere tutti insieme. Io sono confuso, voglio che mi diciate dove e quando ho sbagliato, non l'ho capito, davvero, se è giusto o no che Chiara mi abbia lasciato per sempre, preferendo il paese a me. Secondo voi, cosa dovevo fare? Dovevo trattenerla con la forza? Dovevo seguirla come un cane, abbandonare il lavoro e vivere d'amore e aria? L'ho tempestata di telefonate, mattina sera notte, lei alzava la cornetta e, senza dirmi una parola, riattaccava. Forse, se fossi riuscito a parlarle, avremmo trovato una soluzione, uno spiraglio, una speranza. Ho raccontato tutto all'uomo sconosciuto, come a un amico intimo. Tutto, tranne il telegramma: "Arrivo a Lamezia volo 16.20. Ti prego vieni a prendermi uscita aeroporto. Ti amo".

L'uomo non si è turbato minimamente nel sentire il mio racconto e la mia disperazione. Nemmeno quando io stesso mi sono sorpreso nell'ascoltare dalla mia voce una frase da telenovela: «Ma è giusto che un amore grandissimo come il nostro debba finire così?». Sembrava, se possibile, più sereno di prima, attento alle mie parole, ma soprattutto ad ammirare il viola del Tirreno.

«Tu devi superare il livello del giusto e dell'ingiusto, ho fatto bene, ho fatto male. Dietro a ogni evento c'è una verità che noi non vediamo. Cerca di scoprirla, è quella che conta. Il resto va dimenticato. E ti raccomando: non giudicarla.»

E io? Cosa faccio io, ora? Come posso sopportare che lei viva altrove, magari abbracci un altro, lo baci, gli accarezzi i capelli? Oh no, mio caro, tu non mi puoi capire, ho pensato, non so cosa farmene della tua saggezza consolatoria.

L'uomo ha parlato guardando la costa calabrese con il suo sorriso sereno, il sorriso di chi ha una soluzione a tutto dopo aver vissuto almeno tre vite: «Si capisce che sei uno che non si arrende mai, nemmeno di fronte all'evidenza. Però così soffri tu e fai soffrire pure lei, inutilmente. Secondo me devi concentrarti su di lei: augurale buona fortuna con tutta la tua energia, vedrai che le arriva e sarà veramente felice, e tu passerai una bella vacanza con i tuoi amici e le rondini».

Quando il comandante ha annunciato che stava per iniziare la discesa sull'aeroporto di Lamezia, ho seguito il consiglio dell'uomo e mi sono concentrato su Chiara, ma non per augurarle buona fortuna: vieni, ti prego, vieni a prendermi, le ho chiesto dal profondo. E in quel momento l'applauso spontaneo dei viaggiatori ha salutato la perfetta manovra di atterraggio.

Nella concitazione dello sbarco ho perso di vista l'uomo, ma non me ne importava niente: non vedevo l'ora di raggiungere l'uscita dell'aeroporto.

Mi sono precipitato fuori e per prima cosa ho sentito la loro voce: garrivano con gioia, sembrava che stessero aspettando il mio ritorno. Ho alzato lo sguardo al cielo: erano migliaia, sfrecciavano felici su e giù come piccoli aerei acrobatici. Ho avuto un sussulto di allegria, e d'istinto ho chiuso gli occhi come facevo da bambino quando correvo in piazza inseguendo la loro voce e poi li riaprivo e vedevo il cielo nero di rondini.

Ho riaperto gli occhi: Chiara non c'era

Il cuoco d'Arbërìa

1

«Partirono un giorno bello sereno come oggi ma lontano cinque secoli fa» disse l'uomo prima che si cominciasse a banchettare. «Partirono per non sottostare ai turchi, con tre galee stracariche, gli antenati nostri d'Albania: una di giovani, l'altra di ragazze, la terza, infine, di pane e vino, cantavano gli antichi. Ma io dico, cari sposi, signore e signori, che non fu proprio così» aggiunse l'uomo con un bicchiere di vino rosso in mano, «primo, perché credo che i giovani e le ragazze stavano assieme e c'erano pure vecchi e bambini, proprio come in questo banchetto nuziale, ché questa è l'usanza; secondo, perché non portarono solo pane e vino – e questo io lo so, ne ho le prove qui dentro nello stomaco. Portarono anche companatico e altri sapori e profumi della loro terra. E voi li troverete tutti nelle pietanze che le brave zonje di Carfizzi hanno preparato assieme a me e che gusterete con il vino Cirò, il più antico del mondo, che donavano agli atleti vincitori delle Olimpiadi nell'antica Grecia. E con questo vino brinderemo alla felicità degli sposi, augurandogli un avvenire prosperoso e figli maschi» concluse l'uomo bevendo d'un fiato il suo bicchiere.

Tutti i convitati applaudirono e gridarono: «Bravo, evviva, bravo il cuoco d'Arbërìa». E noi bambini un attimo dopo ci unimmo al coro: «Bravo, evviva il cuoco d'Arbërìa». Penso che nessuno di noi sapesse allora che l'Arbërìa è l'insieme delle cinquanta comunità italo-albanesi presenti nel Sud Italia; personalmente ero convinto che fosse il bizzarro nome della madre del cuoco. Ma intanto, dopo gli applausi e gli evviva, ci eravamo buttati a capofitto sugli antipasti e in un batter d'occhio erano spariti gli affettati di capicollo, prosciutto, salsiccia, soppressata con i contorni di funghi, melanzane, olive di tutti i tipi; ed erano sparite le fette di pane ricoperte con fiq palleti te tigani, bucce di fichi d'India in padella, cotti con melanzane, pomodori e bucce di melone.

Per nostra fortuna, il cuoco d'Arbërìa batté le mani e fece comparire cinque donne che in grandi vassoi fumanti portavano shtrydhëlat, la pasta filata fatta in casa e condita con fagioli bianchi, olio, aglio e peperoncino. Shtrydhëlat erano veramente buone, io ne mangiai due piatti. Non sapevo che quello era solo l'inizio. Subito dopo le donne entrarono con tielle piene di carne di capra cotta al forno del vicinato. Ci fu un applauso spontaneo. «Dhi te furri, dhi te furri» gridavamo noi bambini felici e addentavamo quella carne resa ancora più saporita dal lardo di maiale, l'aglio, il prezzemolo, il peperoncino e le patate. Per spegnerci in bocca il piccante, gli adulti ci permisero di bere un bicchiere di vino, ma poi di nascosto, mentre loro erano intenti a ridere e a cantare canzoni arbëreshe, ne bevemmo un secondo che ci rese ancora più allegri.

«E ora» annunciò il cuoco d'Arbërìa, «vi farò assaggiare una pietanza che noi a Spezzano chiamiamo pishk saucë, sono delle acciughe infarinate e fritte nel nostro ottimo olio di oliva e ricoperte con la mollica del pane aromatizzata con menta, aglio e aceto. Da leccarsi le dita.»

Io che i pesci non li avevo mai mangiati volentieri, mi leccai veramente le dita imbrattate di briciole di pane. E assaggiai anche un contorno di capperi e olive, prima che gli altri lo divorassero in un baleno.

Il cuoco d'Arbërìa ci guardava soddisfatto e sorridente. Era un uomo sui trentacinque anni, alto e robusto, con una faccia tonda e gli occhietti vispi, nerissimi. Veniva da Spezzano Albanese. Per dovere, disse, faceva il contadino; per piacere, il cuoco d'Arbërìa. Lo chiamavano soprattutto dai paesi arbëreshë della Calabria, ma con il tempo si era fatto un giro di amici anche in quelli della Basilicata. Con orgoglio raccontò di essere arrivato persino a Ururi e a Portocannone, in provincia di Campobasso, e una volta aveva attraversato lo Stretto di Messina per recarsi a Piana degli Albanesi. Girava con un Leoncino scassato e sporco di malta che gli prestava il fratello muratore. Arrivava il giorno prima dello sposalizio e con le donne delle famiglie degli sposi organizzava un banchetto con i fiocchi, tutto a base di pietanze che lui definiva arbëreshe pure. In realtà erano sì pietanze abbastanza diffuse nei nostri paesi, però avevano subìto delle contaminazioni da parte della cucina meridionale o si usavano con lievi differenze anche nei paesi litirë, cioè latini, forestieri, del circondario. Ma per il cuoco d'Arbërìa queste puntualizzazioni erano superflue. La sua cucina era arbëreshe perché lui era arbëresh, chiamava le pietanze con nomi arbëreshë, organizzava i banchetti in paesi arbëreshë, per sposalizi arbëreshë, con tanto di vallja finale, il nostro ballo tondo. Ecco, lui più che un cuoco vero e proprio era un organizzatore, come lo aveva definito mia madre che quel giorno aveva aiutato in cucina. Nel senso che organizzava il lavoro dalla a alla zeta, affidando a ogni donna dei compiti ben precisi. Lui assaggiava e beveva, aveva bevuto per tutto il tempo della preparazione del pranzo nuziale il vino forte di nostro cugino sposo, senza mai ubriacarsi, aveva testimoniato mia madre. Una spugna, era. E anche una mascìna, che parlava parlava senza mai stancarsi, nel suo dialetto di Spezzano, che era quasi come il nostro, ma più stretto; e comunque i nomi dei cibi e delle pietanze erano uguali ai nostri, spiccicati.

Sotto la sua abile guida, le donne di Carfizzi avevano preparato tre dolci nuziali che erano dei piccoli capolavori. Il cuoco d'Arbëria li aveva presentati con affetto: «Ecco a voi peta, mustacualli e kulaçi. Sono fatti con farina di grano duro, olio d'oliva, miele, zucchero a velo. Dolcezze da gustare a occhi chiusi». Erano finemente lavorati a forma di scudo, rettangolo, cerchio e ornati con le iniziali degli sposi tra cuori, grappoli d'uva, fiori, colombe, palline colorate e confetti. Li mangiammo prima con gli occhi e poi con la bocca.

Alla fine del convito, tutti noi bambini e molti adulti accompagnammo il cuoco d'Arbëria al suo Leoncino. Lui ci salutò uno per uno, alzò le braccia al cielo come un divo e partì tra gli applausi e lo sventolio di fazzoletti bianchi.

Ero rimasto così colpito dal cuoco d'Arbërìa e dalle sue pietanze che mia madre, per far breccia sul mio palato schizzinoso, spesso mi diceva di aver preparato tumacë me drugën, tagliolini fatti in casa, suraka me bukë, fagioli con pane, tumacë me qiqëra, pasta fresca con ceci, cotti nella pignatta con un po' di cenere raffinata, grurë të ziar, grano bollito per Santa Lucia, bukë e bathë, pane e fave cotte, da mangiare utilizzando a mo' di cucchiaio fette ricurve di cipolla, come le aveva insegnato il cuoco d'Arbërìa. Erano tutte pietanze tradizionali che lei aveva sempre preparato e che io avevo sempre mangiato; solo che ora, con il trucco del cuoco d'Arbërìa, mia madre me ne rifilava come minimo due porzioni. Persino furisishkun, mi rifilava, un miscuglio di fiori di zucca, zucchine, patate, fagiolini tenerissimi, pane e olio, che non mi era mai piaciuto. Con l'aggiunta delle carote consigliate dal cuoco d'Arbërìa, mia madre me ne faceva mangiare due piatti colmi fino all'orlo. La stessa sorte toccava a mia sorella, mentre mio padre si limitava di solito a un piatto, incurante delle insistenze di mia madre, che con i resti della sua cucina abbondante e saporita faceva ingrassare nella zimba anche il nostro maiale.

Quando poi mio padre emigrò come tanti del mio paese, con l'arrivo dei primi vaglia postali, sulle nostre tavole si fecero sempre più frequenti tumacë e mish, pasta con carne, mish e tumacë. Fuori dai pasti noi ragazzi mangiavamo pane con mortadella o formaggini e, andando in campagna, per morsello portavamo carne in scatola Simmenthal.

A pensarci oggi, mi sembra che assieme agli emigranti siano partiti anche i piatti tradizionali, i sapori di una volta. Partiti e ritornati ogni tanto all'improvviso, come in preda a una grande nostalgia.

Con il tempo mia madre ha nominato il cuoco d'Arbëria sempre di meno, fino a dimenticarsene del tutto. Del resto tumacë e mish era la pietanza più facile di questo mondo, bastava avere i soldi per comprare la carne e la pasta, più qualche peperoncino lungo o tondo, fresco o infornato, rosso comunque, rosso fuoco, per bruciarti la lingua e i ricordi.

2

«Ce ne siamo andati da casa perché non si guadagnava abbastanza per costruire un avvenire ai figli nostri e non perché eravamo dei morti di fame, come credono gli ignoranti qui in Germania. Anzi» disse il cuoco d'Arbëria al Centro Italiano di Amburgo, «il mangiare nostro di prima era un mangiare da cristiani. Ora tutto è bastardito, i sapori non sono più quelli di una volta e, se lo sono, non siamo più noi quelli di una volta, il nostro palato sa solo sognare. Comunque io per me mi sono adeguato. Tanto per dire: mangio anche Würstel con peperoncino, sono diventato patataro più dei tedeschi, Kartoffelfresser, come dicono loro, patate cotte, condite a modo nostro, con aceto, olio, peperoncino tritato, aglio, e bevo birra a volontà. Però questo non significa intedescarsi, significa essere un uomo con un palato diviso, o forse con due palati, insomma non so manco io come esprimermi. Di sicuro non ho rimpianti, questo no, se non quello che abbiamo noi anziani, di non essere più giovani.»

Le nostre strade si erano dunque incrociate di nuovo, ventidue anni dopo. A quei tempi insegnavo a Bielefeld, in una scuola italiana per alunni dalla prima elementare alla seconda superiore, e abitavo in una stanza minuscola sopra un ristorante cinese. La puzza di fritto mi stordiva e per giunta dovevo condividere il bagno con altri stranieri, perciò stavo in casa solo lo stretto necessario per dormire o farmi un caffè, e ogni fine settimana andavo ad Amburgo a trovare i miei genitori e mia sorella, per respirare un po' d'aria familiare e i profumi delle pietanze della mamma.

Era stato mio cugino Mario a trascinarmi in quel Centro Italiano, luogo di ritrovo dei germanesi di Amburgo-Altona, con la promessa di farmi assaggiare dei piatti squisiti, che non avevano uguali in nessun ristorante della Germania.

Quando una gentile signora tedesca mi portò shtrydhëlat rimasi molto sorpreso. «Ma questo è un piatto arbëresh» dissi a Mario.

La signora mi guardò contrariata: «No, questa, pasta italiana. Cuoco viene da Italia».

Il sospetto che a cucinare fosse il cuoco d'Arbërìa maturò mentre gustavo shtrydhëlat con l'inconfondibile sapore di fagioli bianchi all'aglio e peperoncino tritato.

Alla fine mi feci accompagnare in cucina. Il cuoco d'Arbërìa dirigeva con un mestolo in mano un gruppetto di quattro donne, due tedesche e due italiane. Dissi solo: «U jam ka Karfici, sono di Carfizzi». Lui rispose: «Piacere, Franco Moccia, nga Spixana».

Era la prima volta che sentivo il suo nome. Ci abbracciammo e parlammo come due vecchi amici. Naturalmente lui di me non si ricordava, ma del banchetto per lo sposalizio di mio cugino, sì, perché era stato uno degli ultimi che aveva preparato. Poi anche lui nei primi anni Sessanta era partito con un contratto di lavoro in tasca. Aveva lavorato in diverse città della Germania: a Biberach, in un cantiere edile; a Dortmund, in una fonderia; a Brema, in un cantiere navale; a Francoforte, in un ristorante-pizzeria, ma aveva smesso dopo un mese, stufo di riscaldare spaghetti scotti alla bolognese e pizze margherita. Ora lavorava in ferrovia, così almeno aveva i biglietti dei treni gratis. Mi raccontò tutto in cucina, mentre continuava a bere birra e a rimestare, in una padella con olio, aglio e peperoncino, dei broccoli di rape e della salsiccia tedesca tagliata a fette.

«Mo' torna a mangiare» mi disse infine, «ché ho fatto saucicë me vrokul rrapje che solo tu e tuo cugino qua dentro potete apprezzare; l'ho un po' adeguata al palato locale, ché gli altri non mangiano piccante come noi. Se hai tempo, domani che è domenica, ci vediamo alle sei di pomeriggio davanti al Centro: ti porto alla mia villa, è qua dietro, nella Geranienweg, e lì possiamo fare una bella chiacchierata.»

L'indomani, dopo aver bevuto una birra al Centro Italiano, raggiungemmo la villa a piedi in una decina di minuti.

La "villa" era una casetta di legno che si ergeva in fondo a un orto di una quarantina di metri quadrati, il primo di una lunga fila, tutti con le stesse dimensioni, divisi tra loro da steccati di legno. Con orgoglio, Franco Moccia mi mostrò le piante cariche di peperoni, peperoncini, pomodori enormi, ma ancora verdi, melanzane, cetrioli, e poi un cespuglio di rosmarino e uno di alloro, prezzemolo, basilico. Cresceva tutto fitto fitto, rigoglioso.

«Qui» disse, «ci vengo a papariàre il fine settimana. Annaffio, zappo, colgo un po' di verdura. Mia moglie ci viene pure qualche volta, ma non volentieri. Preferisce stare a casa a riposare. Lavora pure lei, in lavanderia. Oppure va a farsi un giro per le vetrine dei negozi. Siamo come divorziati. Io e lei e tutta la famiglia. Io qui, al tempo libero, mia moglie a casa, dopo io al lavoro e lei al lavoro. Mio figlio a Milano, mia figlia a Monaco, con le rispettive famiglie. Però ci vogliamo bene lo stesso.»

Poi mi fece entrare nella casetta di legno, composta di un cucinino e un piccolo soggiorno. In entrambe le stanze, appesi alle pareti al posto dei quadri, c'erano mazzetti di peperoncino, trecce di aglio e di cipolle. Franco Moccia prese dal frigo due pezzi di bukëvalja, la nostra focaccia all'olio, e mentre li riscaldava al forno stappò una bottiglia di vino rosso e due birre. Bukëvalja era bella croccante, insaporita con peperoncino e origano; mancavano, e glielo dissi, i rimasugli di lardo con cui mia madre la rendeva forse meno digeribile, ma certamente più gustosa.

Bevendo e mangiando, parlammo dei nostri paesi in una lingua impastata di parole arbëreshe, italiane e tedesche. Sarà stato il miscuglio di vino e birra o bukëvalja che non gustavo da molti anni, fatto sta che cominciai a rievocare con rimpianto il pranzo nuziale della mia infanzia e a canticchiare una vallja struggente di cui mi ricordavo bene i versi iniziali. Per poco non mi misi a ballare da solo.

Con mia grande sorpresa, Franco Moccia mi sbadigliò in faccia e io capii. «Ma sì, hai ragione» gli dissi, «evitiamo la nostalgia, è meglio.»

«Sei tu che la devi evitare» mi rispose pronto. «Io non ho nostalgia di niente. Il mio paese, il mio mondo è tutto qua dentro.» E si batté il petto così forte da farlo rimbombare.

Era vero. In quei quaranta metri quadrati, fra casetta di legno e orto, in mezzo a pomodori, peperoncini e cetrioli, si sentiva a casa sua. Per questo non provava nostalgia, per questo tutto il resto poteva stare comodamente dentro di lui, quando zappava la terra della villa come fosse la sua terra.

Da quel giorno ogni volta che mi recavo ad Amburgo dai miei, trascorrevo qualche ora anche con Franco Moccia. Mi piaceva quell'uomo perché, a differenza di tanti germanesi che conoscevo, non si lamentava mai: parlava del suo presente con distacco, con ironia; e poi con i suoi cibi mi faceva ritrovare il mio mondo di origine, anzi me ne faceva assaggiare un pezzetto, ricordandomi che era buono, almeno di sapore.

Quando ritornavo dalle vacanze a Carfizzi, gli portavo i saluti dei suoi vecchi conoscenti, qualche bottiglia di olio nostro e di vino Cirò, una busta di kruxhiqe, le crocette di fichi secchi farciti di mandorle e noci, di cui era ghiotto. E a Pasqua gli portavo anche kucupet, le ciambelle con al centro un uovo colorato di rosso, e a Natale tardilet, qenullilet, skallilet, krustullet, i dolci tradizionali che in paese ancora resistono. Era un piccolo segno di affetto verso un uomo che a ogni incontro mi riempiva il cuore di buonumore e lo stomaco di cibi saporiti. Perciò gli ero grato e, quando mi trasferii per lavoro nel Nord Italia, tra le persone che mi rammaricai di aver lasciato in Germania c'era Franco Moccia, il mio cuoco d'Arbërìa, nonché signore della villa di peperoncini e agli, nella Geranienweg di Amburgo-Altona.

3

«Siamo tornati con una bella pensione» disse Franco Moccia sorseggiando l'aperitivo. «Potremmo starcene in piazza dalla mattina alla sera a contare le numerose macchine che passano o le rondini nel cielo che diventano sempre di meno, ma noi siamo nati per faticare, e quasi tutti, con i risparmi della nostra emigrazione, ci siamo comprati un lavoretto. Anch'io come tuo padre mi sono comprato due pezzi di vigna, mentre nella vecchia vreshta di famiglia ci coltivo un orto così grande che potrei vendere verdura al mercato. Tiro l'acqua dal ruscello con un motorino e mi scialo a 'naffiare la mattina alle cinque quando il sole spònta fuori dal mare ed è rosso come un peperoncino tondo e piccante. Gli darei un morso al sole, di mattino presto, tant'è bello e buono. Il cuoco d'Arbërìa? Be', a parte che non ho più la forza di una volta, a chi credi che interessi? Chi m'inviterebbe ancora? Insomma, che altro ti devo dire? Sto bene, come può star bene un vecchio.»

Ce l'avevo seduto di fronte, in un bel ristorante sul mare di Cirò Marina, Franco Moccia, uguale a come l'avevo lasciato otto anni prima: gli occhietti vispi e i movimenti rapidi delle mani, i capelli folti, appena brizzolati, e i denti bianchi, la schiena dritta e la parlantina facile. Benedicevo ad alta voce gli sposi che ci avevano invitati al loro pranzo nuziale (lo sposo, un mio compagno d'infanzia, era figlio di un germanese che aveva lavorato con Franco Moccia alle ferrovie di Amburgo). Gli raccontai che al momento insegnavo al Nord Italia, ma aspettavo una nuova chiamata dalle scuole tedesche.

«Sei una trottola che non si ferma mai. Bravo, continua così» commentò Franco Moccia con il solito sarcasmo attutito da un sorriso.

Ero veramente felice di rivederlo e glielo ripetei più volte. Eppure, sotto sotto, un pizzico d'inquietudine, quell'incontro me lo trasmetteva. Era forse vedere il cuoco d'Arbëria in veste d'invitato che mangiava il cosiddetto antipasto alla fantasia di mare, il risotto all'armonia marina, le farfalle al salmone, le crêpes ai quattro formaggi, esclamando: «Të mira, buone, lecker», senza farmi capire se fosse ironico o sincero. Oppure erano i sapori del banchetto nuziale della mia infanzia, richiamati in maniera prepotente dalla sua presenza, che non volevano soccombere agli spiedini di gamberoni, l'insalata capricciosa, il sorbetto al limone, il cosciotto di vitellina, le patate novelle al forno, l'ananas al Cointreau e la torta nuziale con lo spumante di marca.

Prendemmo il caffè al bar del ristorante e Franco Moccia mi prospettò un modo concreto per ritrovare i sapori perduti: «Se vieni a trovarmi» mi disse, «ti porto a mangiare a Firmo o a Civita, in ristoranti che fanno la nostra cucina tradizionale. Ti farò assaggiare un antipasto di pepëra krushkul, dei peperoncini secchi serviti con salsiccia e fagioli lessi, shtrydhëlat come quelle di una volta, e per secondo un bel misto di carni che io accompagno sempre con una conserva a base di peperoncino. È molto piccante. Brucia tutti i microbi della nostalgia. Ti farà bene. Ne hai bisogno».

Sì, ne avevo proprio bisogno. Da tempo cercavo di esorcizzare la nostalgia, scrivendo sulla voce polverosa di una terra lontana e immedesimandomi in uno sguardo più feroce del mio. Ma evidentemente non ero ancora riuscito a bruciarne tutti i microbi più nocivi, Franco Moccia aveva ragione.

«Allora ciao, alla prossima» gli dissi senza guardarlo negli occhi.

Lui mi strinse forte la mano e con passo leggero da fantasma scese sulla spiaggia. Per un tratto seguii la sua ombra arrancare nella sabbia; poi sparì tra gli ombrelloni, i bagnanti e l'afa di agosto.

La voce polverosa della nostalgia

Per sua stessa ammissione, ogni volta che pettinava i riccioli biondi di mio fratello Mario, la mamma veniva colpita da un attacco di nostalgia acuta, una brutta malattia che ha la voce polverosa di una terra lontana, diceva, e ti può condurre addirittura alla paccìa se non fai ciò che ti ordina. A lei quella voce ordinava: torna a casa, torna a casa tua. E più tardi, a pranzo, la mamma prendeva dal freezer due peperoncini, li tagliuzzava sugli spaghetti, e mangiava facendosi venire le lacrime agli occhi per il troppo piccante. «Torna a casa, torna a casa» ripeteva con la bocca piena, le labbra rosse di sugo, imitando la voce polverosa. E raccontava della sua infanzia felice nella terra lontana, delle colline dorate di spighe di grano, luccicanti sotto il sole di giugno come i capelli di Mario, e degli occhi azzurri del mare che ti fissano teneri a un passo da casa. Qui, invece, occhi di roccia.

Tutto vero sul mare, ma il resto del paesaggio a me ricordava piuttosto la cacca giallastra di un cane randagio, secca e rugosa e attorniata da nuvolette di mosche.

Poi un'estate era arrivato lui, continuava la mamma, il principe azzurro, nei panni di un giovane turista dagli occhi blu e dai lunghi capelli biondi come quelli di Mario, e l'aveva portata con sé, tra le montagne, per sempre. Quel principe era mio padre da giovane. «Se solo potessi tornare indietro...» concludeva la mamma con la voce più piccante che polverosa, soffocata dal peperoncino e dall'aglio abbondante che usava.

A ben pensarci avrei dovuto ridere di fronte a tanta involontaria comicità e se non ridevo era perché mi affascinava il modo in cui quelle parole uscivano dalle sue labbra rosse: come il ritornello di un canto struggente. Chissà, forse mia madre voleva attaccarmi la sua malattia per sentirmi più vicino, più uguale a lei, ora che avevo undici anni e mi stavo allontanando dalla sua sottana. Ma non c'era niente da fare: il suo canto da sirena, pur piacendomi, finiva con l'ammaliare solo lei, complice il vento che scompigliava il campo dei capelli dorati di Mario. Il vento era alimentato dalla sua stessa mano che riusciva a girare il pettine come una pala di mulino. I suoi pensieri ad alta voce, piccole piume indifese, vorticavano nella stanza. «Mi sento in trappola.» E le faceva rabbia che la trappola se la fosse andata a cercare da sola, nessuno l'aveva spinta in quel crepaccio profondo, diceva, che con un pizzico di fiuto anche una donna più ingenua di lei avrebbe saputo scansare agevolmente. «Cosa mi manca?» Aveva un lavoro da insegnante che le piaceva abbastanza; due figli sani e biondi che stravedevano per lei; un marito che non rompeva, non era geloso, lavorava in una Cassa Rurale. «E poi la mia terra lontana non è più la stessa da quell'estate luttuosa.»

Quell'estate erano morti i suoi genitori nel giro di un mese, prima la nonna d'infarto, poi il nonno di crepacuore. Da allora era come se un velo nero si fosse posato sul suo paese, un velo che le annebbiava la vista, «mi confonde le idee» sussurrava. Persino io, che quell'estate avevo sette anni, mi ero accorto dell'inquietudine che velava lo sguardo di mia madre, le increspava le labbra in sussulti improvvisi e per fortuna passeggeri.

Dunque, che vita avrebbe voluto? «Il problema è che nemmeno io lo so, qui non sto male, anzi» diceva, e riprendeva a pettinare assorta i capelli biondi di Mario. Glieli pettinava come fanno le bambine con le loro bambole: con dedizione e orgoglio. In quei momenti i luccichii dorati dei lunghi riccioli di mio fratello parevano dei piccoli lampi capaci di squarciare il velo di tristezza che avvolgeva mia madre e di farla sorridere in preda a una felicità infantile.

Quei capelli non erano stati mai tagliati, avevano tre anni di vita e di amorevoli cure, di sciampi costosi e delicati. Anche mio padre andava orgoglioso dei riccioli di Mario, forse perché lui sulla sommità del capo aveva più o meno i capelli di un solo ricciolo e per giunta i suoi erano sfibrati, ormai più grigi che biondi.

Per via dei riccioli lunghi e del viso paffutello e dolce, Mario veniva scambiato per una femminuccia. Tutti dicevano: «Ma che boccoli biondi ha questa bambina! Ma che bella è questa bambina!». E mia madre ripeteva con orgoglio senza mai stancarsi: «No, no, è un maschietto». Se poi i commenti capitavano dal pediatra o in piscina o al mare, non diceva niente: prendeva il suo piccolo nudista tra le braccia e metteva in bella mostra il pisellino, con l'intento infantile di stupire. «Oh!» esclamavano sorprese le signore sconosciute. Mia madre rideva di gusto e solo a questo punto diceva: «È un maschietto, il mio Mario, ma bello come una femminuccia».

Dunque sapevo bene cosa significassero quei riccioli lunghi per lei. Perciò non riesco neanche oggi a spiegarmi il mio comportamento assassino: un giorno avevo chiamato Mario nella mia stanza, lo avevo fatto sedere accanto alla finestra, gli avevo messo un asciugamani attorno al collo e, con la promessa di regalargli un pacchetto di caramelle al latte di cui andava pazzo, ero riuscito a tagliargli tutti i riccioli, uno dopo l'altro, senza che lui si lamentasse.

Il risultato era pietoso: la sua testa pareva una tonda collina color castano chiaro, attraversata da miriadi di strade zigzaganti e accidentate. Avevo fatto uno scempio, trasformando una presunta fatina bionda in un rospetto castano chiaro. Vedevo i riccioli ai miei piedi che si muovevano soffici e vivi come code bionde di lucertole, o rotolavano sul parquet a ogni alito di vento che entrava dalla finestra. Mario, alla fine del mio lavoro, pretendeva le caramelle e io non sapevo dove nascondermi. Cosa avevo fatto? Perché? Cercavo di ricordarmi dove avessi già visto una scena del genere, per mettere in conto le conseguenze. Ora so che era un'inconscia imitazione di Gian Burrasca, di cui la mamma mi aveva letto le avventure quando ero più piccolo. Ma, in quel momento, per quanto mi sforzassi, non mi veniva in mente nulla, se non una nuvola di lacrime pronta a piovermi sulle guance.

La mamma entrò nella mia stanza senza bussare, insospettita dal lungo silenzio. Non voleva credere ai suoi occhi, le sue ginocchia ebbero un attimo di cedimento, stava per inciampare, svenire, sarebbe caduta con la faccia sui capelli del figlio, le avrei portato un bicchiere d'acqua con lo zucchero, sarei stato molto affettuoso con lei. Invece non inciampò, non svenne; anzi, lei che all'inizio era rimasta senza fiatare, fece esplodere una cannonata così violenta che molti riccioli rotolarono impauriti verso la parete e per un attimo tremarono come tremavo io: «COSA HAI FATTO!?».

Non aspettò la risposta, che del resto non avevo, mi si avventò contro con una furia inaudita: mi dava schiaffi pugni calci graffi, persino morsi, dove capitava, dove più facevano male. I capelli, poi, me li strappava a ciuffetti. Sentivo male dappertutto, eppure non piangevo, subivo la grandinata di botte come un giusto castigo divino, espiavo la mia colpa nel dolore silenzioso. Il che faceva imbestialire ancora di più la mamma, che colpiva a denti stretti, senza parlare.

Fu il pianto provvidenziale di Mario che fece accorrere mio padre. «Cattiva, cattiva, lascialo stare» gridava il piccolo tra le lacrime, tenendosi a distanza di sicurezza.

Mio padre mi liberò dalle grinfie della mamma e per qualche minuto si beccò le unghiate, i pugni e i calci. «Calmati» le diceva proteggendomi, «lo stai ammazzando.»

A quel punto, finalmente, la mamma cominciò a piangere. Teneva stretto il suo Mario irriconoscibile e piangeva per i biondi boccoli morti. «Come ti ha ridotto, figlio mio bello, come ti ha ridotto!» E Mario, che già allora era un tipino accomodante, cercava di consolarla: «Non ti preoccupare, mammina, me li appiccico con lo scotch».

Questo suo proposito ridicolo fece allentare un po' la tensione: mio padre sorrise, io lo imitai per ruffianeria, mia madre smise di piangere e lo strinse ancora più forte. Poi mi guardò con i suoi occhi resi più lucidi dalle lacrime e dall'odio, e mi ordinò: «Sparisci, Caino».

Allora non conoscevo la storia di Caino, però intuii che doveva trattarsi di un mostro, il sinonimo di "figlio di puttana", come la mamma nei momenti d'ira chiamava papà. Mi rinchiusi in camera mia e mi accasciai sul letto come un pugile colpito da potentissimi, invisibili pugni. Sparisci, Caino. Ero stordito, mi addormentai.

Al mattino, quando la mamma venne a svegliarmi con un bacio sulla fronte, stavo sognando di correre dietro a una nuvola di farfalle colorate; ogni tanto qualcuna mi sbatteva contro l'occhio e mi faceva male. Ero in un prato del paese della mamma, sopra la collinetta del Ciccotto, che all'improvviso si rinchiudeva tra le mura merlate del grande castello del mio paese: i riccioli di Mario cadevano come fiocchi di neve su quel paesaggio di mare e montagna, due tessere distanti di un puzzle che il sogno faceva combaciare perfettamente.

«Scusami, gioia, scusami, per un attimo ho perso la ragione. Ti ho fatto molto male, vero?» disse la mamma commossa e forse con gli occhi umidi. Le farfalle svanirono di colpo, tranne una che si era posata sulla fronte e volò via solo quando aprii gli occhi e le sorrisi.

In quel momento entrò Mario. Con la sua boccuccia fresca, baciò la mamma e anche il Caino che gli aveva ucciso i boccoli.

Mi fece impressione con i capelli corti: ovviamente era diverso, ma non più brutto, come si potrebbe pensare, anche perché i miei lo avevano portato subito dal parrucchiere, con la stessa urgenza con cui si porta un ferito grave al pronto soccorso, e questi gli aveva appianato i gradini e abbellito il resto della chioma. Anzi, senza quei riccioli che gli cadevano sulla fronte, i grandi occhi blu risaltavano e il viso era finalmente da maschietto.

La mamma gli accarezzò la collina di spighe recise. Teneva le labbra socchiuse e immobili. Si capiva che non voleva parlare, e non parlò. Ma la voce polverosa, gorgogliando acida nel suo ventre, si fece sentire per l'ultima volta: «Torna a casa tua, prima che sia troppo tardi. Torna a casa, almeno ad agosto...».

Ika

Agosto è il ritorno di tutti. Chi è partito, ora è qua come noi, dopo undici mesi. Tutti qua in paese ai primi di agosto, i germanesi già da luglio, e allora diventiamo ottimisti e nostalgici, buoni come a Natale, ma più belli e freschi per via dell'abbronzatura e dell'aria nostra frizzante e dei peperoni piccanti, dicono in molti, ché almeno di queste cose siamo ancora ricchi.

Ci sediamo davanti ai bar o al nuovo Alex pub e di solito parliamo di quando eravamo ragazzi, è inevitabile, il presente non è male, dice qualcuno, intanto viviamo ancora, siamo insieme almeno al paese, è questo che conta, e insieme passeggiamo lungo la Kona e poi ci fermiamo al Kryqi. Del futuro non parla nessuno. Il futuro è dopo l'estate, è lontano, è pioggia o nebbia.

Kryqi ci ricorda l'infanzia. Prende il nome dalla croce sul monumento ai Caduti in guerra. In realtà abbraccia uno slargo sempre ventilato, simile alla prua di una nave, da cui si vede il mare azzurro e scintillante, di giorno, e di notte la luna che ne illumina una fetta arancione. Vi arriviamo a frotte, come uccelli inquieti e un po' esotici, certe volte con le mogli e i figli, un gelato tra le mani, e subito i bambini si mettono a giocare.

Una sera sento mio figlio Michele che grida: «Ika!». È come l'inizio di un fuoco d'artificio: in rapida successione crepitano nell'aria raffiche di "ika". Comincia il gioco, ritorno bambino.

Dico al mio amico Ercole: «Dài, giochiamo anche noi», lo dico a lui perché so che freme come me dalla voglia di correre e di nascondersi in qualche vicolo. Anche lui, che lavora in Germania, ha questi slanci di euforia, in estate, questo sorriso luminoso che gli viene da lontano.

I più sorpresi sono i nostri figli. Dario ci avverte: «Vi lasciamo giocare, ma non dovete imbrogliare»; e Christian gli fa eco: «Giocate solo se uno di voi si mette alla rola».

«Gut, mirë, bene» rispondo con l'enfasi delle nostre tre lingue usate alla pari, «mi metto io alla rola, ma nascondetevi lontano perché sennò vi prendo subito e non mi diverto: lo sapete che sono veloce come Mennea.»

«*Eri* veloce, pa'» mi corregge Christian, mentre Michele chiede ai compagni se sanno chi è Mennea, senza avere risposta. Allora appoggio la testa sul braccio, il braccio lo appoggio al muro della casa di compare Celeste e, chiusi gli occhi, mi metto a contare: «Një dy tre katër pesë...» fino a trentuno e, mentre conto, sento Ercole e i bambini sgattaiolare nei vicoli attorno al Kryqi e verso la piazza. L'ultimo numero lo grido troppo forte. Infatti, quando riapro gli occhi, vedo compare Celeste che mi sorride ironico dal suo balcone e poi incrocio un gruppo di adulti che mi guardano perplessi, forse pensano che Carminuzzo è rimbambito, mo' gioca pure a ika come un bambino. Non mi lascio intimidire e lancio ad alta voce l'avviso doveroso ai giocatori: «Kush ësht i shehur ësht i shehur, chi è nascosto è nascosto».

Ika è una delle mille varianti del nascondino, un gioco di riflessi pronti: se ti distrai un momento, dal buio sbucano due gambette veloci e il primo bambino tocca il muro con la mano gridando trionfante «alla rola». In fondo il mio compito non è difficile: se scorgo, anche da lontano, la testa o il braccio di un giocatore, è sufficiente che gridi il suo nome e dica «alla rola» toccando il muro.

Per primo vedo Michele che sporge la testa dall'angolo di una casa, grido: «Per Michele, alla rola», e tocco il muro. Michele è neutralizzato: se ne esce mogio mogio dal nascondiglio e spera che qualcuno riesca a salvarlo. La calma dura un attimo. Appena mi allontano dal muro, Dario e Roberto vi si avventano come torelli contro un drappo rosso. Riesco a precederli per un pelo: «Per Dario e Roberto, alla rola!».

Mi sposto verso la piazza con le movenze di un cane che ha annusato la presenza dei gatti: so che i bambini sono nascosti dietro le macchine parcheggiate o il cassonetto della spazzatura o l'angolo del bar Viola. Ogni tanto vedo un'ombra allungarsi per un attimo sotto la luce spiona di un lampione. Ma un'ombra non la posso catturare, non so a chi appartenga, sono tutte uguali le ombre e svaniscono senza lasciare traccia. Altri bambini si nascondono lontani dalla rola e aspettano un mio passo falso, una mia ingenuità per passare all'attacco. Potrei stare nascosto nei pressi della rola, farli uscire allo scoperto e poi eliminarli senza troppa fatica. Ma questa tattica la odiavo da bambino e non sopportavo chi la praticava, chi non rischiava la sfida, la corsa leale sul filo del rasoio, magari essere presi, ma dopo aver dato l'anima: cioè la forza delle gambe e l'astuzia.

Capisco che un gruppo di bambini mi sta attirando in un tranello, facendomi scorgere una spalla, un'ombra, un piede, o tossendo in modo esagerato. E infatti appena giro l'angolo e mi addentro nel buio del vicolo, loro sbucano da tutti i lati, veloci e urlanti, la rola è troppo vicina, azzardo uno scatto alla Mennea, ma nemmeno il vero Mennea li potrebbe riprendere. Sento una scarica di «alla rola» e schiaffeggio il muro con rabbia, mentre il nome di Christian mi muore in bocca. Mi hanno preceduto tutti. Ora resta solo Ercole. Se lo prendo mi salvo io. Dove sei, Ercole, dove sei, fammi vedere i tuoi baffi se hai coraggio!

Ika vuol dire letteralmente "scappai" e già dal nome si capisce che il gioco della fuga qui vale più del nascondino: ed è una fuga verso l'ignoto, che può durare un minuto o un tempo interminabile, e poi il ritorno, sempre scappando, ma verso la rola amica, il muro di casa nel cerchio immaginario della luce. Quasi un allenamento alle nostre future vite in fuga, ai nostri andirivieni senza posa. Forse per questo ci piaceva da bambini e ci piace adesso che siamo campioni di andate e ritorni. La rola era un muro qualsiasi del Kryqi o delle gjitonìe, i vicinati, ma il campo del gioco, i nascondigli, erano l'intero paese e persino i burroni intorno, il Timparello e il Bosco del canale. Queste cose il mio amico Ercole le conosce bene e chissà dove è andato a nascondersi. Di sicuro sente sulle spalle la responsabilità del salvataggio collettivo: se riuscirà a toccare il muro e dire «alla rola salvatutti», i compagni saranno liberi, potranno rifare il gioco della fuga, mentre io dovrò riprendere a contare fino a trentuno: uno smacco che da bambino mi faceva venire un groppo alla gola. Ma guai a piangere per davvero, gli altri ti prendevano in giro, ti urlavano che eri debole come una grajarella, anche se a me le femmine sembravano più brave di noi in tanti giochi. Più agili nel salto con la corda e più abili al campanaro, erano imbattibili con le cinque pietre chiamate shkravàjet, che bisognava lanciare e afferrare in aria; per non parlare del gioco dell'anello: da impercettibili movimenti degli occhi indovinavano subito in quali mani veniva lasciato l'anello. Erano brave, altro che deboli, facevano il giro infilando le loro mani tra le nostre congiunte a mo' di preghiera; «anello, anello» ripetevano come una cantilena e poi a bruciapelo ti chiedevano: «Kush e ka, unazin? Chi ce l'ha, l'anello?». Ricordo che avevano le mani lisce come pietre di fiume, ma più calde e morbide, pareva che sapessero parlarti, quelle mani, ti dicevano: tu mi sei simpatico, tu mi piaci. Il gioco dell'anello era attraente per questo: perché si faceva insieme maschi e femmine e poi c'erano le penitenze da scontare, a volte ci scappava un bacio sulla guancia, e allora il divertimento era assicurato. Ma a ika, fuori dalla propria gjitonìa, le femmine non partecipavano.

I bambini mi gridano che devo svegliarmi e correre a scovare Ercole, se ho coraggio, ché così ika è troppo moscio e la prossima volta non mi fanno giocare. Dunque non mi resta che entrare di corsa nei vicoli alla ricerca di Ercole. Ogni tanto m'imbatto in gruppi di vecchi che prendono il fresco sui muretti davanti alle case. «Buonasera Carminù` dove vai di bello?» mi chiedono. E io non so cosa inventarmi, rispondo solo: «A passeggio», e filo via come un ladro.

Guardo dietro ogni angolo sospetto, ogni muro, ogni tronco d'albero, ogni catoio. E finalmente ho un lampo e mi ricordo dove Ercole si nascondeva da bambino: di corsa vado verso la Kona, lascio la strada principale e mi fermo davanti al primo orto che incontro: lui è lì, come da bambino, nascosto tra i cespugli di sambuco del recinto. Vedo i suoi occhi neri che luccicano delusi: «Dil, të kam parë, esci, ti ho visto» gli grido. E con un balzo sono in fuga verso il Kryqi. Dietro di me sento i passi lesti di Ercole che mi ha già raggiunto. Corriamo fianco a fianco lungo la Kona e, quando attraversiamo la piazza, i bambini e gli adulti si accorgono di questa nostra corsa verso la rola dell'infanzia. Ercole da giovane ha giocato a calcio con la Reggina, però io facevo i cento metri in 11"3: è vero che sono passati trent'anni, ma è una bella sfida, non c'è che dire. I bambini fanno il tifo per Ercole, persino i miei figli, sembra di essere allo stadio, applausi, urla: «Dài Ercole, dài, tocca la rola, salvaci». Ma io non ci sto, miei cari, e gli ultimi metri ho il cuore in gola, però non mollo. Lancio la mano contro il muro e grido: «Per Ercole, alla rola!», e in quello stesso istante sento lo schiaffo di Ercole al muro. «Alla rola salvatutti!» dice esausto.

Non abbiamo più fiato, chi è arrivato primo? I bambini non hanno dubbi: «Uguali, uguali al secondo spaccato, si è sentito un solo colpo contro il muro» gridano, «una sola voce. E ora, che si fa?».

Ora mi asciugo il sudore dalla fronte, appoggio il braccio al muro e ricomincio a contare: «Një dy tre katër pesë...».

Legalität

Tra le prime parole che ho recchiato venendo qui in Germania, tant'anni fa che nemmanco più li conto, mi ricordo Brot e Bier, Gastarbeiter e Sprechen Sie Deutsch?, i numeri di una mano, eins zwei drei vier fünf, e una boccata di parole imprasticàte che bene bene non capivo, non potevo, ero troppo crudo allora, ma che all'istante ho ripetuto come un pappagallo: das ist legal, das ist illegal. Poi il tedesco me l'ho insegnato per davvero, non perfetto – la mia parlata è quella che è – comunque in dose giusta per capire in che mondo stavo e sto, per farmi rispettare, anche.

Niente paura, non mi sono intedescàto, questo mai, perché puoi girarla quanto vuoi: se sei nato ciuccio, o garjùr come diciamo noi, non puoi morire cavallo palombino. Però non sono rimasto con la crozza dura di una vòta, me la sono spaccata contro i muri, ché qua come dappertutto ce ne sono a iosa, ho fatto trasìre in me parole che da noi sentivo a malappena, come un'eco che saliva da una timpa: Legalität, che poi nella mia lingua arbëreshe non si usa proprio e nemmanco in calabrese so come si dice, se si dice. E al principio l'ho confusa con égalité, ché tre parole in croce di francese le sapevo, pensavo che Legalität voleva dire uguaglianza e non mi sbagliavo molto, a conti fatti, nel profondo della vita. Das ist legal, das ist illegal: era semplice, valeva per tutti, per i tedeschi e per i Gastarbeiter come noi.

Pigliamo il lavoro: è vero che qui mi sono spaccato il culo in una fonderia grande più del paese mio, bollente più del sole nostro a mezz'agosto, ma ogni mese venivi pagato fino all'ultimo Pfennig, pure i premi se facevi straordinari, e al principio ne ho fatti a più non posso. Poi ho capito che la salute non ha prezzo e mi sono dato una calmata. Mi sono maritato con una del mio paese, che ci volevamo da piccoli, abbiamo fatto due creature, ché di più i tempi moderni non ti permettono, abbiamo vissuto da cristiani con i puntini sulle i, mai dato il culo, qua, nemmanco con il pensiero: das ist legal, das ist illegal.

Quando ero giù da noi, non morivo di fame, questo no. Ma faticavo tutti i giorni: con i muratori, nei cantieri stradali, a spaccare pietre cervìne, a rampare olivi, dove mi chiamavano, insomma. La fatica non mi ha mai spagnàto. Solo che allora sudavo diciamo cento e pigliavo, massimal, dieci o forse meno. Non morivo di fame, non lo posso dire, ma le marchette per la pensione? Le ore che sgobbavi in più? Un cazzo di risparmio? Un passetto nel futuro? Nix, come dicono qua, cioè un bel niente spaccato, nemmanco un'unghia di tutto questo che è giusto, normale, regolare come il sole che spònta al mattino. Insomma, legal.

Mi mancavano le parole per lamentarmi e anche gli altri compagni non sapevano dire altro che këtù ësht kështù, qui è così, prendere o lasciare, ringrazia Krishtin che hai la giornata. Non mi lamentavo ma dentro la panza bollivo come un mongibello e non mi lamentavo, non sapevo che nome dare al bollimento, non mi sentivo mai quèto, in pace con la vita mia e con gli altri. Das ist legal, das ist illegal. Per me, con il pensiero di oggi, è stato come un richiamo che veniva da lontano. Tutti noi nasciamo con il senso del giusto, poi te lo guastano, te lo bastardiscono, i bastardi, ti fanno credere che il bianco è nero e il nero è bianco, che non ci sono altri colori, sei tu che li vedi straniòsi, dicono, ti vogliono cecàto del tutto.

Ho resistito fino a trentadue anni. Poi sono andato dal capo dell'impresa dove faticavo e gli ho detto: «O mi pagate giusto, con le marchette a posto, e tutto in regola, o scàpolo in questo istante spaccato e me ne vado per sempre».

«Vai» mi ha detto quello senza guardarmi in faccia, «ma se vai ti prendi il culo a graffi con le mani tue e poi non tornare a piangere da me, ché ti caccio fuori da qui a pedate.»

Avevo il pico in mano: ho avuto la gulìa di dargli una picozzata in testa, avevo una forza allora che con un colpo solo gli avrei scavato il cervello come terriccio molle. Gli ho buttato il pico tra i piedi e sono scappato via.

Sì, la mia partenza è stata una fuggita: dentro la tasca avevo un contratto di lavoro e un biglietto di sola andata per Amburgo, il più lontano dal paese mio; dentro il cuore, una rabbiosità che non riesco a spiegare con parole trasparenti, di chi viene cacciato da casa sua senza aver fatto nulla di malamente, una rabbiosità però imbrattata a un senso di liberazione, boccate di aria fresca, aria di neve, nuova, mai saporata prima. E così è ogni volta che parto dopo che ritorno, e sì che alle partenze ci ho fatto i calli: rabbiosità e liberazione, liberazione e rabbiosità. E oggi che i miei anni hanno pigliato il pendìno, e la pensione si avvicina meritata, rifarei gli stessi passi, di nuovo partirei.

Ai miei figli che qui sono cresciuti e pasciuti, che in troppe cose sono più avanti a me, ma che non sanno niente delle storie di una vòta, racconto la mia partenza, le prime parole giuste che mi ho insegnato qui e che spero d'insegnare a loro con i fatti della vita: das ist legal, das ist illegal.

«Das heißt? Çë do të thueç? Cioè?» mi chiedono, le labbra ricciate a sorriso sfottente per il mio accento calabro-arbëresh-germanese.

Cioè: rispetto, dignità.

Il Duomo di Colonia

La prima volta scesi alla stazione di Colonia di mattina presto. Ero mezzo addormentato, arrivavo dalla Calabria, dopo un giorno e due notti di viaggio. Fuori dalla stazione, nel piazzale dei taxi, inciampai goffamente sulle valigie, ma non caddi per terra: me ne restai inclinato per qualche secondo, come una trottola che sta finendo di girare, e da quella posizione innaturale vidi le torri enormi del Duomo conficcate nel cielo bianco del mattino. Con uno slancio riacquistai la posizione eretta, sparirono le guglie con il cielo bianco e i miei occhi incontrarono quelli chiari di un tassista che, con tre rapidi movimenti, mi liberò dall'ingombro delle valigie, infilandole nel bagagliaio, e mi spinse gentilmente in macchina.

Rividi le torri dal balconcino del mio appartamento di Lindenthal; spesso erano nascoste dalle nuvole o dallo smog ma nei giorni sereni si stagliavano nel cielo azzurro con prepotenza e mi pareva che allungando le mani avrei potuto toccarle e, appuntite come sono, pungermi.

Nei mesi successivi passai tante volte davanti al Duomo: quando partivo e tornavo dall'Italia, quando mi recavo a piedi nella zona dei negozi o al Museo Ludwig o nelle Kneipe che vi pullulano attorno. Era inevitabile. Però attraversavo l'immensa piazza del Duomo con la faccia a mezz'aria, da perfetto emigrante, più che da straniero curioso. Con uno sguardo così, al massimo riuscivo a scorgere i battenti del portone di bronzo.

Un giorno di vento impetuoso stavo andando a piedi alla stazione a comprare un giornale italiano. Camminavo curvo e a fatica, il volto girato a destra per proteggermi gli occhi dalla polvere, quando mi accorsi di uno strano muro di cartoncini attaccati uno accanto all'altro come mattoni a vista. Forse fu il vento a spingermi con forza davanti al muro di parole scritte e disegni. Certo è che un'ora dopo ero ancora lì a leggere messaggi contro la guerra e la violenza, contro il razzismo e l'intolleranza. Lessi una frase dell'Abbé Pierre e una di Tonino Guerra, passati da lì chissà quando. Avevano deciso anche loro di lasciare una testimonianza fra le centinaia di persone anonime, di tutte le razze e di tutti i continenti.

Sbattuti dal vento, i cartoncini emettevano un rumore ovattato, come l'eco di un tuono senza sosta che sale da un burrone. Parevano anime in pena. Una babele di voci sofferenti. Distinsi nettamente il grido disperato di un curdo, la rabbia di una kosovara, il pianto tra le fiamme di una turca in Germania, un appello accorato contro il razzismo. Quel muro pareva una sorta di parafulmine contro l'ipocrisia e la violenza del mondo. Debole e ingenuo, certo, pieno di frasi fatte, pensieri di gente comune. Eppure mi metteva soggezione.

Quando il vento si calmò, le voci si addolcirono e così mi potei concentrare sui disegni di cuori e fucili spezzati, di svastiche buttate nei bidoni delle immondizie e di ragazzi seduti mestamente davanti a una centrale nucleare, mentre sulle loro teste aleggia il sogno di un mondo pulito. Poi vidi un poster in bianco e nero, incollato su un cartone e appeso a dondolare a un palo della luce: era la fotografia del Duomo appena sbrecciato da una bomba al tempo della Seconda guerra mondiale; attorno, la piazza squarciata da buche profonde, crudeli, e la città letteralmente rasa al suolo. D'istinto alzai lo sguardo al di sopra della foto e vidi il Duomo in tutta la sua imponenza. Ebbi un vistoso cedimento, con le braccia mi coprii la testa come se le torri mi stessero crollando addosso. Un uomo mi aiutò a ritrovare l'equilibrio e il Duomo ritornò al suo posto.

Lo sconosciuto disse: «Scommetto che lei è arabo e che non ha mai visitato il Duomo». Non era la prima volta che qualcuno mi scambiava per arabo, in Germania e in Italia. Ma la seconda scommessa l'uomo l'avrebbe vinta. Poco dopo aggiunse che si chiamava Walter, era stato insegnante e artista, aveva costruito quello che veniva chiamato Klagemauer, il muro del pianto, per dare voce agli esclusi, agli emarginati, ai pacifisti. Mi sorrise soddisfatto. Avrà avuto cinquant'anni. Indossava un montgomery verde, sdrucito e unto come i suoi lunghi capelli castano scuro. Aveva le mani imbrattate di colla e stava sistemando un cartone con la scritta: WIR SIND AUSLÄNDER FAST ÜBERALL! Noi siamo stranieri quasi dappertutto! Da quando i naziskin per ben tre volte avevano picchiato brutalmente lui e i suoi amici e distrutto il muro, aveva deciso di rimanervi a guardia giorno e notte. Dormiva in una baracca di compensato e cartoni, ricoperti da un robusto telone di plastica. Lasciò il cartello a un amico e, senza che glielo chiedessi, mi accompagnò a visitare il Duomo.

Fu una guida perfetta. Sapeva tutto del Duomo e in più lo amava, disse, lo considerava armonioso, praticamente la bellezza in persona. La prima pietra fu posta nel 1248 dall'arcivescovo Konrad von Hochstaden, ma fu completato nei secoli successivi fino a raggiungere la forma attuale nel 1880. Mi mostrò le pitture dei santi nelle arcate della grata del coro, i plastici degli apostoli assieme a Gesù e a Maria, la Croce di Gero del 970 e poi l'altare con il trittico dipinto da Stephan Lochner nel 1445, molto ammirato da Goethe. In mezzo alle finestre di vetro colorato inondate di luce, splendevano l'adorazione dei Re Magi e, più in alto, le stelle dorate. E a quel punto la mia guida mi sorprese perché definì il Duomo "imponderabile", una specie di cattedrale celeste, malgrado le sue dimensioni così monumentali da farne la più grande cattedrale della Germania.

È vero: all'esterno sembra un mastodontico elefante carbonizzato, colpito in pieno dal fuoco di una stella di passaggio e pertanto lugubre e inquietante. Dentro è davvero imponderabile come un cielo di luce dai colori rasserenanti. Ecco, quella luce m'inebriava e mi faceva sentire leggero, pareva che avessi bevuto un bicchiere di vino d'un fiato. Me ne sarei stato per ore con il naso all'insù a godermi lo scintillio della luce, ma la mia guida mi scosse: c'erano almeno un paio di capolavori sacri da ammirare.

Mi accompagnò davanti allo scrigno che custodisce le reliquie dei Re Magi, di sicuro uno dei più sontuosi capolavori di oreficeria della terra, cinquant'anni di meticolosa maestria, disse la guida, decorato con centocinquanta tra gemme e pietre preziose, il frontale tutto in oro massiccio che raffigura la magnificenza di Cristo.

Fin da bambino avevo trovato affascinante la storia dei Re Magi: per me non erano solo dei sovrani alla ricerca del figlio Bambinello di Dio per fargli onore con i loro regali, ma viaggiatori incalliti che macinavano chilometri e chilometri, vedevano il mondo, passavano dai luoghi più belli, senza paura di perdersi perché guidati da una grande stella luminosa. Io, da bambino, speravo che anche mio padre, viaggiatore per costrizione, emigrato prima in Francia e poi in Germania, trovasse la sua stella e ritornasse a casa. Insomma, amavo i Re Magi di amore infantile, il più sacro di tutti.

La mia guida mi raccontò il viaggio del temibile Rainald von Dassel, all'epoca cancelliere di Federico Barbarossa, da Milano, dove aveva prelevato le reliquie dei Re Magi quale preda di guerra, a Colonia, lungo la riva sinistra del Reno, riuscendo furbescamente a depistare gli inviati di Papa Alessandro III. Dunque, i Re Magi non avevano rinunciato a viaggiare nemmeno da morti.

Non ricordo se mi spostai mentre pensavo. So che a un tratto mi trovai da solo davanti all'altare della Schmuckmadonna, così chiamata per gli ornamenti e i gioielli con cui è abbellita.

In un primo momento fui colto da una vertigine improvvisa; poi, sotto lo sguardo benevolo di Lei e del suo Bambinello, mi misi ad accendere un lumino per ogni morto della mia famiglia, come se fossi arrivato lì apposta per compiere quel gesto, per ricordare i miei morti. Dopo, mi allontanai di un passo dall'altare.

Della Madonna è ben visibile solo la testa, affettuosamente inclinata verso il Bambinello. Il suo corpo è coperto per intero da una bianca veste di moiré, che scende fino ai piedi come una montagna innevata. Vi sono appesi diademi, collane di perle, orologi e croci d'oro di tutte le forme, ex voto per le grazie ricevute. Ma non era lo splendore degli ornamenti ad affascinarmi, bensì gli occhi socchiusi di Lei che irradiavano una luce diamantina e le fiammelle vive dei lumini che danzavano ai suoi piedi come una turba di anime felici.

Certo, il fiato del sacro l'avevo sentito anche altrove. Vengo da una regione, la Calabria, che Corrado Alvaro ha definito "un santuario antico", per via dei numerosi luoghi sacri disseminati su tutto il territorio. Ma ora davanti alla Schmuckmadonna, oltre al fiato, mi pareva di cogliere anche la luce del sacro, anzi un labirinto di luci in cui mi ero perso felicemente.

Per un po' fui catapultato davanti a un altare remoto della mia infanzia: si trovava al mio paese, nella chiesa di Santa Veneranda, costruita nel Seicento dai nostri antenati che ancora non avevano abbandonato il rito grecobizantino. Avevo cinque anni, eppure mi ricordo bene i lumini accesi e le guance rosse della Madonna che stringeva il Bambinello al seno; io ero in braccio a mia madre, mio padre lavorava già in una città lontana. Attorno a noi c'era un viavai di gente che svuotava dei suoi santi l'antica, bellissima chiesa perché, di lì a poco, sarebbe stata demolita dalle fondamenta. E io non capivo, non capisco neanche adesso, il motivo di quella distruzione radicale.

Parlai con la Schmuckmadonna, a lungo, come un figlio alla propria madre ferita, una piccola madre muta che ti poggia la mano sul capo e ti dona beatitudine.

Quando fui costretto a uscire perché il Duomo stava chiudendo, dalle finestre colorate entravano bagliori elettrici e tremolanti. Fuori, però, il sacro continuava a irradiare una luce forte, circolare, facendo risplendere la piazza intera. Ne vedevo distintamente i riflessi dorati soprattutto sul muro dei pensieri svolazzanti. Mi sembrava che in quel labirinto di luci, ai due capi del filo, s'incontrassero il senso del divino e le cose umane, la Schmuckmadonna e il muro dei pensieri. Un connubio indivisibile, un luogo che non sapevo di cercare e che ora mi aveva trovato.

Continuai a esserne attratto per tutta la mia lunga permanenza a Colonia. Prima entravo nel Duomo e accendevo dei lumini alla Schmuckmadonna: le fiammelle mi facevano festa, la Madonna mi poggiava la sua mano sul capo. Poi uscivo a salutare Walter, il mio amico guardiano, e a leggere i nuovi messaggi di pace, che nella luce del Duomo diventavano vivi, sgombri di ogni retorica.

In quegli anni insegnavo italiano in due scuole tedesche, a Mülheim e Chorweiler, quartieri di Colonia popolati da stranieri. Non era facile motivare i ragazzi ad apprendere l'italiano, non ne capivano la necessità essendo orientati a vivere in Germania, a casa parlavano il dialetto dei genitori e fra loro il tedesco con qualche spruzzatina di germanese, per nascondere agli altri la propria identità traballante. Però erano in gamba e svegli, tutti indaffarati a superare il livello culturale e sociale dei genitori, senza farlo pesare.

A volte, se il tempo era bello, li portavo al muro dei

pensieri. Speravo che anche loro vi trovassero un motivo in più per credere nella vita e resistere, o magari un pensiero profondo per diventare consapevoli che c'è tanta gente come te, in carne e ossa, che ti parla e ti ascolta. Chissà, forse avrebbero intravisto anche la luce.

Il giorno prima della partenza per le vacanze estive passai, come sempre, dal Duomo e fui accolto dal solito vento impetuoso. Mi guardai attorno con crescente apprensione. Il Klagemauer non c'era: sparito.

Walter mi aveva detto di essere stato denunciato più volte perché il muro "deturpava", secondo i benpensanti, l'estetica della piazza e del Duomo. I suoi numerosi amici avevano mobilitato l'opinione pubblica, avevano assunto dei buoni avvocati, ma evidentemente non era bastato.

Seppi da un passante che il muro era stato spostato in un altro luogo, lontano dalla piazza, e io non ebbi nessuna voglia di rivederlo: non sarebbe stato più lo stesso.

Quando entrai nel Duomo per salutare la Madonna, notai subito che anche Lei era contrariata, e le fiammelle parevano impazzite, si abbassavano sulla cera liquida, densa come lacrime amare, rischiando di spegnersi ogni momento.

Le parole non costano niente

Ci incontriamo per caso sotto i portici di Crotone, la sua città. Capita spesso in questi ultimi anni: come se ci cercassimo nella folla, come se avessimo bisogno l'uno dell'altro per rinfrancarci.

«Bonuvenutu» mi dice Nicola baciandomi sulle guance. Ha la barba di una settimana, duri pungiglioni bianchi, simili a spine di fichi d'India.

«Bonutruvatu» gli rispondo felice di rivederlo. Siamo stati compagni di scuola a Crotone e a quei tempi eravamo amici inseparabili. Poi io sono partito e lui è rimasto, io ho avuto nostalgia del ritorno, lui della partenza, per anni, invidiandoci a vicenda, inquieti entrambi: due facce della stessa terra di Calabria.

Per un po' continuiamo il rito dell'incontro: come stai? Bene, e tu? Ti trovo in forma. E pure tu, ringiovanito, con questo bel colorito nivurello dell'estate. Basta.

Interrompo i convenevoli con la solita domanda che lui si aspetta: «Novità, qui?».

Mi sorride, beffardo: «Tante e nessuna». Poi mi fa cenno di seguirlo verso il parcheggio. Indossa una giacca blu con le tasche gonfie di giornali locali. «Mi tengo aggiornato, leggo e sento le diverse campane stonate, così mi faccio una mia idea su ogni cosa. Comunque non serve a niente perché i fatti vanno per conto loro, cioè da nessuna parte, spesso, inghiottiti dalle sabbie mobili. Parole e bei discorsi? Milioni di milioni. Tanto, come si dice da noi, le parole non costano niente.» M'invita a salire sulla sua vecchia Vespa, mette in moto e parte continuando a parlare, senza dirmi però dove siamo diretti. «Oggi ti faccio vedere una chimera.»

Le sue parole ora le sento a sprazzi, echi di vento che mi riportano a estati lontane. È stato lui che mi ha fatto conoscere gli incanti e i disincanti della nostra provincia: la solitudine antica di Capo Colonna, il castello superbo dentro il mare a Le Castella, le grotte misteriose di Verzino, il paese abbandonato di Acerenthia, le discariche abusive a cielo aperto, le fabbriche arrugginite di Crotone, i loro rifiuti tossici e radioattivi nascosti sotto innocenti collinette verdi o riciclati come materiale edile per piazzali di scuole e per edifici pubblici...

Nicola guida zigzagando nel traffico caotico dell'estate, verso l'uscita della città. La Vespa sobbalza fra le buche di una via secondaria e finalmente s'immette nella 106. Fra la strada, disastrata e pericolosa, e il mare Ionio, scorre la linea ferroviaria non elettrificata, un unico binario scandaloso che collega Reggio Calabria a Taranto. «Quante promesse di ammodernamento abbiamo sentito!» grida Nicola. «Del resto le parole non costano niente, i morti sulla 106 sono muti, noi vivi balbettiamo di tanto in tanto e poi dormiamo.»

Quando ci lasciamo alle spalle la caotica periferia della città, Nicola parla rilassato: «Dovresti vedere questa zona in primavera: è un tripudio di colori e profumi, i fiori sono più belli di quelli che vendono i fiorai, fiori di razza, sanizzi, signorili. Profumi così ve li sognate lassù, al Nord, dove vivi».

Vorrei dirgli che non vengo mica dalla Palèca, cioè da un altro pianeta, che in questa zona ci sono nato e cresciuto, ne conosco i colori, i profumi, i sapori e i dissapori, ce li ho tutti dentro di me, non mi scappano mai via, caro Nicola. Ma lui non mi sentirebbe, intento com'è a guidare prudente.

La Vespa s'inerpica per una stradina sterrata e si ferma su una collinetta argillosa. Scendiamo.

«Ora libera la fantasia e vedrai la chimera» mi consiglia Nicola, serio.

Quella laggiù è la città di Crotone e quelle informi costruzioni luccicanti sono la Pertusola e la Montecatini ormai dismesse e velenose, che da anni aspettano una bonifica urgente, promessa a parole e mai mantenuta. Quell'imbuto che si apre verso il mare, tra i campi coltivati, è la foce del Neto: è un'oasi dove sostano e nidificano uccelli di ogni specie, la tartaruga caretta caretta e due rare testuggini presenti solo da noi. È un luogo magico e silenzioso, così bello che secondo una leggenda le donne troiane, in fuga con i loro uomini, bruciarono di nascosto le navi pur di restarvi per sempre.

La chimera? Per vederla occorre un po' d'immaginazione. Più che un mostro è un sogno a occhi aperti: in quest'area dovrebbe sorgere un colossale villaggio turistico di 1200 ettari, con alberghi, settantamila posti letto, campi da golf, uno spazio di divertimenti tipo Disneyland, acquapark, uno stadio, piscine, metropolitana per trasportare i turisti dall'aeroporto di Sant'Anna, dove atterrerebbero più di cinquanta aerei al giorno.

Tempo fa a Crotone è arrivato un imprenditore israeliano con i suoi collaboratori. Ha esposto il progetto con un bel video di presentazione per essere più credibile, ha detto di essere a capo di una cordata di imprenditori svizzeri e inglesi, gente seria, ha sottolineato, che vuole investire cinque miliardi di euro e forse più, creare migliaia di posti di lavoro, attirare milioni di turisti. Però non ha aggiunto che un progetto simile gli era stato rifiutato in Grecia. Qui da noi c'è questa fame atavica di lavoro, un'emigrazione che non si arresta, paesi agonizzanti, e le cifre ballerine ti stordiscono, sono così enormi che la nostra mente non le può contenere, lo zio d'Israele ha le idee chiare, parla dei miliardi d'investimento come fossero noccioline.

Il lavoro, dunque: in tanti annuiscono entusiasti, soprattutto i politici, il sindaco di allora in prima fila. Come puoi dire di no a chi ti promette di risolvere i tuoi problemi? Tra l'altro il progetto ha un nome poetico e convincente, addirittura religioso: Europaradiso. E agli ambientalisti che fin dall'inizio parlano di megaspeculazione, di ecomostro, di Euroinferno e ricordano che il territorio attorno alla foce del Neto è Zona di protezione speciale, sito di interesse comunitario, i favorevoli ribattono che il lavoro è più importante di quattro uccelli portatori di virus o delle brutte tartarughe nascoste nei canneti. Bisogna liberarsi dei vincoli ambientali che ci lasciano con il sedere per terra e ci fanno perdere il treno del progresso.

«Il lavoro, il ricatto» dice infine Nicola con un sospiro.

E aggiunge che neanche lui se la sente di rifiutare a cuor leggero, per principio. Però ha paura delle cifre colossali, ha paura che per un ipotetico benessere vendiamo un pezzo della nostra bella terra e quindi l'anima. Ed è una strada senza ritorno, un tipo di sviluppo che non ci appartiene, che non è a misura nostra. Abbiamo davvero bisogno di ulteriori colate di cemento sulle bellezze nostre? Non dovremmo invece valorizzare ciò che possediamo? E se poi questi qua, di fuori, ci lasciano il cemento e arrivederci?

Nicola ora guarda estasiato verso la foce del fiume, verso il mare nostro che sciaborda in lontananza. Sembra quasi che aspetti da loro le risposte. E nell'attesa riprende a lanciare controvento le sue parole che tanto non costano niente. Come le chimere. Che ne sarebbe dell'identità del nostro territorio di fronte a un'opera mastodontica come l'Europaradiso? Come andrà a finire questa storia?

Poi si gira di scatto verso di me e mi guarda con un'aria sorpresa e irritata, come se mi vedesse per la prima volta e fossi io il colpevole di tutto.

«Scommettiamo una cassa di birre fredde che le cosche della zona si sono già tuffate a capofitto nell'affare? E che tutto finisce come al solito in un tribunale?» mi chiede a bruciapelo, il tono sgherroso.

«Va bene, se me lo chiedi con quel tono, scommettiamo pure. Un pizzico di ottimismo dobbiamo tenerlo in vita, non credi? Senza una speranza di riscatto, un barlume di luce, dove...»

Nicola m'interrompe con una risata cafona, «... una speranza di riscatto... un barlume di luce...», mi fa il verso come un pappagallo, poi dice con un sorriso amaro: «Allora secondo te finisce bene questa storia?».

«E che ne so io?»

«Sì, me l'aspettavo: voi che partite non sapete mai niente, non vi interessa più nulla di quello che succede da noi.»

«Be', questo non è vero, e tu lo sai...» gli rispondo calmo, ma non capisco dove voglia arrivare, soprattutto non capisco il repentino cambio di umore, di tono, di sguardo.

«Quello che so è che dobbiamo combattere da soli, nessuno ci dà una mano, i politici pensano solamente a come mantenere il loro potere, se ne salvano pochi e sono isolati come noi; le cosche s'infilano in tutti gli affari che contano, e noi non abbiamo più aria pulita da respirare, soffochiamo, e voi ve ne andate per i cazzi vostri e poi tornate qualche settimana in estate per mettervi la coscienza a posto...»

«Ma cosa stai dicendo? Che pretendi da chi è stato cacciato da questa terra e quando torna viene visto alla stregua di un turista rompiballe? Cosa può fare uno che vive lontano più di mille chilometri da qui?»

Stavolta Nicola scoppia in una risata artificiale, fastidiosa.

«Me lo immaginavo: i soliti alibi, la colpa degli altri, la lontananza. Poverino!»

«Senti, non so cosa ti abbia preso. Se mi hai portato qui per parlarmi di chimere e litigare, io non ci sto. Basta. Riportami alla mia macchina. Non ho più voglia di ascoltarti!»

«No, invece ora mi ascolti!» urla Nicola puntandomi il dito contro il petto come se volesse pugnalarmi. E vomita parole conservate nella bile, tanto le parole non costano niente, per te, Nicola, non per me. Mi accusa di arroganza, menefreghismo, egoismo. Poi ricorda episodi della nostra adolescenza che probabilmente sta inventando per l'occasione o che esagera con l'odio del momento. Secondo lui, da ragazzo lo superavo in tutte le materie solo perché studiavo il quadruplo, però non avevo la sua intelligenza, entravo sempre a scuola, anche quando c'erano quegli scioperi fasulli, organizzati per andare al mare, e lo facevo per amicarmi i professori e fregare lui; ma soprattutto – la cosa più grave, imperdonabile, meschina – non c'era una ragazza, su cui buttava l'occhio, che non gli rubassi. Ne parla come se fosse successo ieri e avessimo entrambi sedici anni. Incazzato nero. «Ricordi la ragazza di San Giovanni in Fiore, la più bella della classe? Si stava innamorando di me, dopo mesi di corte quotidiana. Arrivi tu e, con quei modi da bravo ragazzo di paese, con il sorriso timido, gli occhi falsamente impauriti, me la rubi. E in più la fai soffrire e la lasci per una civetta di un'altra classe che ci stava con tutti.»

Sì, ricordo gli occhi neri e profondi della ragazza più bella, i suoi denti perfetti e bianchissimi, il desiderio di tutti noi maschi della classe di conquistarla. Ricordo pure un unico bacio innocente durante una mattinata al mare, quando inventavamo proteste contro la scuola per goderci le prime giornate calde di maggio. Solo che non è mai stata la mia ragazza né di nessuno dei miei amici, nemmeno di Nicola. Perciò non so cosa rispondergli, avrei voglia di lasciarlo lì con le sue frustrazioni adolescenziali e tornarmene a casa. Ma lui continua a gridare: «Arrogante, ecco che cos'eri e cosa sei. Degli altri non te ne frega niente». E mi spinge con delle manate all'altezza del cuore.

«Abbassa quelle mani, mo' esageri troppo» grido io per la prima volta e sento che sto ritornando ragazzo di paese, se non la smette gli mollo una capata sul naso e lo faccio volare giù dalla collinetta.

Nicola sta zitto, finalmente. Gli tremano un po' le gambe e le mani.

«Che c'entra l'Europaradiso con questi episodi ridicoli e falsi della nostra adolescenza?»

Ora è lui che non sa cosa rispondere. Lo lascio nel suo tremore forse di pentimento, mentre ripete senza convinzione: «C'entra, c'entra, eccome», e a passi lesti scendo lungo la collinetta, verso la città.

A giugno dell'anno successivo, mentre mi sto preparando all'ennesimo viaggio verso la Calabria, mi arriva una mail da un indirizzo sconosciuto ma con un oggetto che mi fa sobbalzare dalla sedia: Europaradiso. L'apro con ansia e trovo un lungo articolo copiato da un sito internet. In un pezzetto evidenziato in giallo si legge di una cosca che "fiutato il grosso affare, si sarebbe attivata in tutti i modi per favorire la nascita di quell'insediamento, anche attraverso il condizionamento di rappresentanti delle istituzioni, da quelle comunali a quelle europee passando per i ministeri. Dieci le persone accusate, a vario titolo, di concorso esterno in associazione di stampo mafioso, corruzione, abuso di ufficio in relazione alla vicenda Europaradiso, per le quali lunedì mattina è iniziata l'udienza preliminare…".

Sotto l'articolo, poche parole del mittente:

"Fin dal primo momento ho sperato che vincessi tu, il tuo ottimismo. Purtroppo ho vinto io. L'Europaradiso resta dunque una chimera. Permettimi però, quando tornerai in Calabria, di poterti abbracciare come ai vecchi tempi. Ti chiedo scusa delle cazzate di cui ti ho accusato, ma tu mi conosci: ho la crozza dura come te, quando dico una cosa sbagliata continuo a sbagliare all'infinito, pur di non ammettere il primo errore. La cassa di birre fredde la pagherò io, per brindare con te alla speranza. Ti abbraccio, Nicola."

Naziskin

"Noi siamo stranieri quasi dappertutto!": bella frase, professo', che se mi date carta e penna la voglio copiare a stampatello, ma senza quasi, anche se io non capisco bene bene tutte le parole vostre, ché a casa parlo calabrese con papà e tedesco con mamma. Così non mi dite che non mi piace insegnarmi l'italiano, io invece quando posso vengo gern qui al corso di Mülheim, sì volentieri, pure che tanti compagni non mi fanno simpatia, ché sono cacasotti e lecchinotti, bravi alla scuola tedesca e a questa italiana, però non sanno gar nichts della vita.

Chi io? Io so più di voi, professo', non vi offendete, vi giuro che non è vanteria e non sono fissato con i naziskin, come dite quaddentro. E poi, a dire la singera verità, non ci sono solo i naziskin che picchiano brutàl, lo sapete voi che sapete la Grammatik e altro non sapete? Io sono peggio, ma sempre se c'è un motivo, e non guardo il colore dei capelli, io non sono più uno che si fa fare tutto, per ogni cosa che mi fanno, vado e gli do un cazzotto sul muso; tranne un giorno che una banda di giovani di Mülheim, che non conoscevo, mi hanno preso e dicevano: e adesso cosa fai tu che sei da solo contro a noi?

Io al momento non sapevo che fare ché loro erano più di dieci, non avevo scianse, perciò non raprivo bocca. Poi dopo ho cercato di currìre weg, ma loro mi hanno circondato e mi spingevano, uno mi ha fatto lo sgambetto e sono caduto in terra. Mi sono lizàto e difeso con raggia: fatevi sotto bastardi! Loro mi guardavano che quasi non credevano alle mie parole e subito hanno detto: geh weg, sei libero, ché tu non sei un cacasotto. Non hai gridato: non mi fate malamente; non avevi nemmeno un dito di paura.

Invece io avevo più assai di paura che di coraggio. E come ti chiami e che sei, turco? m'hanno chiesto. Ich? Turco? Io mi chiamo Principe Giuliano e sono dalla Calabria.

E queste bande, guardate, menano forte assai, forse più dei nazis, ma sono più giusti, non incendiano le case a noi stranieri, non sono così bastardi.

Noch mal, ancora? Basta con 'sta storia dei naziskin che sono un mio chiodo fisso. Una volta, sì, ci pensavo sempre, un chiodo arrugginito, era, che mi fruculiàva il cervello, mi gonfiava le palle di rabbiosità.

Io li ho visti negli occhi, i naziskin, non parlo per parlare, lo sapete, quaddentro, che non sapete niente? Era una sera che sono andato a farmi una camminata, da solo, perché la mia Freundina è napoletana e il patre non la fa uscire di casa dopo le nove, e so che i nazis sono bastardi. A una volta veniva un'auto in corsa. Era una Mercedes in bianco e laddentro c'erano quattro persone che appena mi vedono rallentano e gridano: Scheiss Ausländer, merda stranieri, capite, professo'? Io le ho guardate, quelle teste lisce di minchia; con gli occhi vomitòsi ho detto: siete dei bastardi fottuti. Loro si sono fermati al colpo. E due di quelli sono nesciùti dall'auto e mi sono corsi indietro, uno aveva una chiave inglese e l'altro aveva un mazza da besboll. Allora io ho fatto cosa facevano tutti: sono fujùto e loro currivano indietro a me. Ho tentato di entrare in una Kneipe e ce l'ho fatta e sono rimasto un'ora laddentro a bere una birra. Da quel giorno non cammino più senz'armi.

Perché non torno allora a vivere in Calabria? Bella domanda, complimenti a tutti i cacasotti che sanno parlare! Se permettete però questa è mia cosa e poi io sono nato qua a Colonia come la meglio parte quaddentro, e al paese di mio patre sapete che non si trova un lavoro pure se lì sei cresciuto, che loro vanno appena possono via, figurati se tu arrivi da fuori, aspettano proprio a te per darti un calcio in culo, altro che lavoro. Lì si sta bene alle ferie lunghe.

Però l'anno prima, una sera d'agosto, mentre mangiavo in un ristorante sul mare una bella pepata di cozze che mi gustano tanto, sono passati due tipi in moto, sulla testa avevano il casco che lì non lo mette quasi nessuno, e infatti hanno sparato ai tavoli pieni di gente. Io senza pensare mi sono gettato sotto dopo il primo colpo, ho visto le belle cozze che volavano in aria come rondini e a terra è rimasto mazzato un mafioso locale e feriti due turisti di fuori e un bambino del posto.

Quel giorno il paese mi è mezzo caduto dal cuore anche se ogni tanto lo penso e c'ho gulìa di tornare ma non più per sempre.

Ora io non voglio dire che fa schifo dappertutto, professo', ma quasi. E ho in testa d'insegnarmi bene le lingue, tedesco, italiano, inglese, macàri francese e spagnolo, ho tanti amici di queste lingue qua che mi possono aiutare, e appena finisco le scuole e divento maggiorenne ho deciso che parto sicuramente ma non so dove.

Voi, professo', che sembrate così sperto pure in geografia, mi sapete dire se c'è un posto al mondo dove non ci sono nazis che ti vogliono mazziare e ristoranti dove puoi mangiarti una bella pepata di cozze in santa pace?

Un paese in processione

Dentro la prima afa di giugno avanza la processione di scarpine lucide, gonne a campana e pantaloni della festa. Il cielo è nero di rondini instancabili. Anche la banda musicale è instancabile, fa l'andatura e sprigiona nei vicoli marce allegre che vanno a perdersi nei burroni circostanti e poi ritornano sulle labbra di noi bambini come un'eco velata. Le strade di Carfizzi sono ancora ciottolose e Sant'Antonio con il Bambinello in braccio e il giglio bianco in mano sobbalza di tanto in tanto, ma per fortuna non casca mai, tenuto stretto alle spalle dall'uomo più forte del paese, mentre i quattro portatori della statua incedono sorridenti nell'afa buona, hanno un garofano all'occhiello della giacca, lo sguardo sull'acciottolato per non inciampare.

Al confronto di Santa Veneranda, che è bella pesante e fa sudare sette camicie, Sant'Antonio non crea problemi: è leggero come sughero; e mi sembra che attraversi l'afa di corsa, perché io ho il passo breve del bambino e sono attorniato da piccoli santantoni rapati a zero, i monachelli, scalzi e vocianti dentro il saio marrone. Le madri li inseguono con sguardi ansiosi: hanno fatto il voto durante l'inverno, quando i figli si ammalano e, grazie all'intercessione del Santo, tornano splendenti come gigli.

In cima alla salita del Palacco si apre la piazza con le bancarelle e il palco già pronto per lo spettacolo serale. Sant'Antonio si riposa e si riposano i portatori, l'uomo forte e i musicanti, bevono birra o aranciata, si asciugano il sudore con fazzoletti di lino. Dov'è mio padre? Lo cerco ansioso nella folla. Il Santo sta fissando i tetti delle vecchie case lungo il pendio, dove sei, papà? E finalmente lui mi serra la mano nella sua, ruvida e callosa. Nell'altra tengo a mo' di trofeo un cono gelato enorme che ha lo stesso colore del saio di Sant'Antonio.

All'improvviso la banda riprende a suonare nella piazza assolata. La camicia bianca di mio padre luccica in prima fila. Lui suona il clarinetto. Eppure non sono solo tra la gente, sento ancora la sua mano che stringe la mia, il gelato che mi gocciola tra le dita. E poi mi guarda, ma sicuramente sono io di oggi, più vecchio di mio padre di allora, che m'immagino quello sguardo lontano: la banda suona una marcia trionfale e mio padre ha gli occhi smarriti dello straniero. Non è ancora partito per l'estero e già vorrebbe ritornare indietro. Intanto ritorna da me per un attimo, a pulirmi la mano con il fazzoletto. La processione avanza nell'afa. Mio padre fa il contadino e ha trent'anni, i baffetti curati, un contratto in tasca come minatore nelle miniere francesi. Sant'Antonio s'inoltra nei vicoli della Vascialìa, inseguito dalla banda, dal paese vestito a festa, dai piccoli monachelli ormai esausti e affamati. Qua e là spiccano quattro o cinque zonje con le sgargianti cohe delle feste, tanto per ricordare ai forestieri che ci troviamo in un paese arbëresh della Calabria. Io sono solo con mia madre e mia sorella. E un gelato marrone che continua a gocciolare per terra. Mio padre è sparito nella processione della mia infanzia.

Mio figlio mi serra la mano per tutto il tempo della processione. Sono passati più di quarant'anni e Sant'Antonio è lo stesso, leggero e sorridente, con il suo giglio bianco ancora profumato e il Bambinello roseo che non ne vuole sapere di crescere, felice com'è in braccio al Santo. Tutt'attorno il paese ha la cornice di sempre: un labirinto di vicoli che scendono e salgono lungo un cucuzzolo ventilato in ogni stagione. Ma dentro sembra vuoto, come una castagna rosicchiata da un verme crudele che senza mai fermarsi ne ha divorato gran parte della polpa, quella più saporita. Mio figlio ovviamente non se ne accorge, ha otto anni, cammina felice dietro la banda musicale e in piazza vuole un cono al cioccolato.

L'emigrazione ha svuotato il paese dalla fine degli anni Cinquanta. Ricordo la prima partenza come un sogno sfocato. In piazza c'erano i primi emigranti che aspettavano il postale per Crotone. Erano vestiti come il giorno di Sant'Antonio, ma il Santo non c'era. La banda musicale nemmeno. La processione, sì: madri, figli, mogli, parenti, amici e curiosi. Nessuno sorrideva. Mio padre indossava la camicia bianca della festa.

Con il fazzoletto pulisco la mano di mio figlio sporca di gelato. L'altra gliela serro nella mia, così forte che lui mi guarda sorpreso. La processione continua lungo le strade incatramate o cementate di oggi. Le facce della gente hanno le stesse fisionomie di quarant'anni fa: le figlie e i figli sono diventati madri e padri, le madri e i padri sono diventati nonne e nonni. I vecchi germanesi come mio padre sono ritornati in pensione e i figli hanno preso i loro posti. Le nonne e i nonni di una volta non ci sono più. Le cohe sono sparite quasi tutte con le zonje che le indossavano: per tradizione si facevano seppellire con il loro vestito più prezioso, quello dello sposalizio. Io osservo la processione con gli occhi smarriti e stranieri di mio padre. E quando incontro lo sguardo di mio figlio, lui mi sorride come se avesse colto il mio smarrimento e volesse consolarmi. Ritorno ogni volta dal Nord con un ricordo in più e un gesto, del passato, in meno.

Nella processione intravedo gente di Carfizzi che lavora nel Nord Italia, in Svizzera, in Francia, in Belgio e soprattutto in Germania. Di solito ritorniamo in estate o a Natale, ma chi può, magari approfittando delle elezioni che spesso si svolgono a metà giugno, per la festa di Sant'Antonio è in paese a godersi con occhi nuovi la piazza e i vicoli, le facciate delle case ristrutturate e i vecchi muri tra le cui pietre fioriscono le bocche di leone. Anche a questo servono le processioni: a fare il giro del paese nell'anonimato della folla, addentare con gusto spicchi del tuo paesaggio e lasciarsi adocchiare con discrezione. Nelle processioni vedi uomini e donne germanesi che in chiesa sono entrati solo il giorno del loro matrimonio. È un modo indolore per riappropriarsi del paese, dirgli che sei tornato a ricongiungerti con la tua ombra, sei presente, lo accarezzi con le suole delle tue scarpe di marca.

Se non possono esserci di persona, allora gli emigranti

mandano dei soldi per la festa. E la sera sul palco il parroco leggerà i loro nomi davanti al paese, così saranno presenti, in piazza, nell'applauso doveroso di chi è rimasto e di chi è tornato. A volte, dal palco si sentono nomi che pochi conoscono. Sono gli ultimi mericani, dice mio padre, non tornano più in carne e ossa, vivono negli USA o in Argentina da mezzo secolo, eppure non dimenticano la loro partenza, né la parola data, la cosiddetta besa.

Anche nostro nonno e bisnonno, ci racconta mio padre, è stato un mericano. Ha fatto due viaggi nella Merica Bona. Nel suo baule aveva la statuetta di Sant'Antonio, faceva voto come tutti affinché il Santo lo aiutasse ad attraversare sano e salvo il pericoloso Oceano. Il 13 giugno, puntuale, mandava i soldi per posta. Un bel giorno era ritornato in paese per sempre, ma purtroppo a quarantanove anni è morto per una stupida polmonite. Mio padre, che all'epoca aveva appena quattro anni, si rattrista al ricordo doloroso ed evita lo sguardo del nipote perché non vuole farsi vedere con gli occhi umidi. Da quel momento, aggiunge, nessuno gli aveva offerto un gelato il giorno della festa. E lui, da bambino, era arrabbiato con il padre che lo aveva lasciato solo e pregava che comparisse nella processione, dietro Sant'Antonio. Allora non sapeva che chi muore scompare per sempre.

La banda riprende a suonare e mio padre si passa una mano callosa sul viso per cancellare quel lutto che ancora gli brucia. Poi cambia discorso e racconta che grazie ai mericani cresceva, di riflesso, la fama del Santo anche a Carfizzi. Non a caso nel paese contadino di un tempo, cioè fino ai primi anni Sessanta e qualche volta pure dopo, quando la siccità metteva in ginocchio le famiglie, si chiedeva l'intercessione di Sant'Antonio perché piovesse al più presto e si salvasse il raccolto. La statua veniva portata in processione nelle strade di campagna. Tra le labbra del Santo i redeli mettevano una sarda salata, per sollecitarne la sete incontenibile e poi dissetarlo con la pioggia. Un rito pagano, non c'è dubbio. Ma dopo poche ore il cielo si annuvolava e cominciava a piovere a scrosci. Sant'Antonio senza sarda salata, con le piccole labbra pulite e lucide, veniva riportato nella sua chiesetta, in fondo alla Vascialìa.

In passato, però, la festa più bella veniva fatta in onore di Santa Veneranda, la protettrice di Carfizzi. Del resto, dice mio padre, il paese non aveva dimenticato la storia che si tramandava da generazioni. Quando la statua imponente della Santa, con il suo mantello azzurro cielo e il grande libro sul petto, era arrivata su un carretto al bivio tra Carfizzi, San Nicola dell'Alto e Pallagorio, i tre paesi arbëreshë dell'Alto Crotonese, Santa Veneranda aveva girato la testa verso le case di Carfizzi. Aveva scelto per sempre la sua dimora, il suo paese, la sua chiesa, che a quei tempi era la più bella del circondario.

Mio padre era tra gli organizzatori della festa di Santa Veneranda. Racconta a mio figlio che allora non c'erano tanti soldi. Lui e i suoi amici, tutti futuri emigranti, dovevano fare il giro del paese e delle aie durante la trebbiatura per raccogliere poche lire e grano, che poi vendevano ai compratori forestieri. Con la somma ricavata facevano venire i teatristi e, per alcune sere, lo spettacolo in piazza era assicurato.

Gli ultimi teatristi di cui mi ricordo arrivarono al paese

nei primi anni Sessanta. Purtroppo mio padre non li vide: rientrato dalla Francia perché non voleva morire sottoterra, era partito per la Germania, dove lavorava all'aria aperta, nei cantieri stradali. I teatristi non erano solo attori di teatro, erano acrobati, clown, prestigiatori, cantanti, musicisti. Di giorno si trasformavano in simpatici forestieri che giravano il paese dietro la processione. C'era sempre qualche teatrista con il viso bello da Madonna e il corpo da Sofia Loren, che al passaggio ci toglieva il respiro.

La processione ogni tanto si frantuma, a gruppetti ci si ferma nelle rare lingue d'ombra e si parla fitto fitto nella gjuha e zëmëres, la nostra lingua del cuore. L'altra, gjuha e bukës, la lingua del pane – che per mio nonno è stata il mericano, per mio padre il germanese, per me soprattutto l'italiano – a volte rintocca come una campana lontana e un po' stonata. La calura rende molle l'asfalto. I vestiti della festa si appiccicano alla pelle. Mio figlio mi serra la mano sudata. La sua è fresca, non conosce i distacchi forzati.

Il programma "civile" prevede il solito show serale con complessi musicali e ragazze in minigonna che imitano malamente gli spettacoli della televisione, dice mio padre rassegnato.

Mio figlio gli chiede speranzoso: «Nonno, perché non tornano i teatristi?». E mio padre, senza mezzi termini: «Perché sono morti!». Non avrebbe capito, mio figlio, se gli avesse risposto: «Perché è morta la nostra giovinezza».

Da giovane, fino agli anni Settanta, mi facevo tutte le processioni. San Giuseppe a marzo, la Madonna addolorata il Venerdì santo, la Madonna del Carmine, il Corpus Domini e Santa Rosa a maggio, Sant'Antonio a giugno, Santa Veneranda tra luglio e agosto, Santa Lucia e l'Immacolata a dicembre, il Bambinello la vigilia di Natale. Erano occasioni da non perdere, se volevi passeggiare accanto a una ragazza, parlarle in pubblico, tra una preghiera e un sorriso innamorato. A volte davo il cambio ai portatori, tenevo strette le statue di gesso alle spalle con un fazzoletto di seta. Poi riprendevo il filo del discorso amoroso nella processione.

Se si escludono Sant'Antonio e Santa Veneranda, non c'era tanta gente ad accompagnare i santi, e la festa durava solo il tempo della processione. Ma noi ragazzi aspettavamo con ansia la prossima. Pure quella dell'Addolorata, la sera del Venerdì santo, malgrado il dolore che si sprigionava dalla folla e ti penetrava nelle ossa. La Madonna con il suo manto nero e gli occhi sofferenti veniva portata in processione da cinque donne vestite a lutto: avevano perso il figlio o il marito o il padre giovane e piangevano e si lamentavano come tante Madonne addolorate. Dietro di loro vacillava una scia di vedove bianche, un funerale senza bara ma spesso con la banda musicale che suonava la marcia funebre per tutto il tragitto. Ci faceva venire i brividi.

La sera della vigilia di Natale, poco prima di accendere il grande fuoco sul sagrato di Santa Veneranda, con tutto il paese attorno a riscaldarsi e a scambiarsi gli auguri, partiva l'ultima processione dell'anno: il Bambinello dentro una cesta di vimini veniva portato in giro per i vicoli attorno alla chiesa, ancor prima di nascere.

Tutte le processioni che si snodano tortuose nella nostra memoria di adulti, in quegli anni ci scandivano il tempo, come le partenze e gli arrivi dei nostri padri emigrati, come gli orologi che i nostri padri fabbricavano al Nord.

Uno sparo improvviso mi riporta al presente. È l'annuncio che la processione è terminata. Sant'Antonio entra nella sua chiesetta con i portatori, mentre la banda suona l'ultima marcia in fondo al sagrato e la folla se ne sta ammassata lungo la strada in discesa. Da sopra si vede chiaramente che c'è meno gente rispetto al passato.

«Del resto il paese è in processione per il mondo grande» dice mio padre con una bella metafora. Quest'anno alla prima elementare risulta iscritta solo un'alunna. Nascono altrove i bambini di Carfizzi.

«Ma forse il paese è dietro al pifferaio magico» ci consola mio figlio, «fa un bel giro nel mondo grande e poi torna per la prossima festa.»

La prima festa del ritorno

Abbiamo deciso che il ritorno è una festa, ho detto io. Gino ed Ercole hanno annuito e altri pure, ma non tutti.

Eravamo in piazza, seduti davanti al bar Viola. Qualcuno ha sorriso, un sorriso ironico, sfacciato.

Lo sappiamo bene che non è così, ho aggiunto io, non siamo ingenui, abbiamo cento ritorni alle spalle e altrettanti o di più, se Dio vuole, davanti a noi. Però abbiamo deciso che è una festa, che il paese è pure nostro, che noi difficilmente torneremo a breve, anzi forse non torneremo mai a viverci o forse sì, chi lo sa, chi può prevedere il futuro? I maghi, i ciarlatani, i politici che continuano a promettere lavoro e dicono che l'emigrazione è ormai una piaga del passato, che il futuro sarà roseo, sarà nostro?

Sì, certo, ha detto Ercole, il futuro sarà nostro o almeno dei nostri figli, ma noi vogliamo pure il presente, gustarcelo come si gusta un gelato d'estate in riva al mare, altrimenti si squaglia, il presente, sgocciola ai nostri piedi, viene inghiottito dalla sabbia calda.

Insomma, noi vogliamo festeggiare il ritorno, ha detto Gino, organizzare una bella festa del ritorno, ho ribadito io.

E quasi in coro sono arrivati i primi dissensi. Due germanesi hanno detto: ma quale festa, mica siamo ritornati a viverci per sempre, qua. Fra qualche settimana partiamo di nuovo. Il ritorno per noi è pure strazio, non è una festa, non è solo bello il ritorno perché appena arrivi sai che devi ripartire.

E un altro che lavora in paese, un ventisette con le spalle coperte, ha detto che la nostra era un'idea del cazzo. Voi venite qua, ha detto, per un mese scarso, andate al mare, vi sciacquate le palle e vi scialate come maiali e poi ve ne andate, di noi non ve ne frega niente. Sapete che se continua così fra trent'anni il paese sarà sparito? Oggi siamo meno di ottocento che resistono qui, dei millequattro che eravamo un tempo; domani non ci sarà più nessuno ad accogliervi. Festa del ritorno? Ma che caspita dite, il funerale del paese dobbiamo preparare!

E che c'entra mo' questo discorso? Che c'entriamo noi con i soliti lamenti, con i piagnistei? Che possiamo fare noi, i miracoli? Per quanti anni abbiamo foraggiato l'economia del paese con le nostre rimesse? E il nostro ritorno, in estate e a Natale e a Pasqua, non serve pure a tenere in vita il paese?

Le risposte, a raffica: un litigio furibondo. Non siamo venuti alle mani solo perché siamo amici d'infanzia.

Però non abbiamo cambiato idea, amici cari: noi vogliamo fare la festa del ritorno, noi, capite?, senza aspettare che siano gli altri a organizzarla, come accade con Sant'Antonio e Santa Veneranda. Noi non siamo santi di gesso. Siamo lavoratori che si fanno il mazzo per tutto l'anno, fuori, lontano da qui. Non vogliamo un benvenuto a parole, doveroso, blablabla. Vogliamo stringere il paese con le nostre braccia, incontrare la gente che è rimasta, che è la nostra gente – e a volte lo dimentichiamo tutti, loro e noi – che sono i nostri parenti, i nostri amici di una volta, i brandelli delle nostre famiglie sbriciolate in Europa. Insomma, noi al paese non vogliamo rinunciare ma non vogliamo rinunciare nemmeno alle nostre città e paesi del Nord. Stiamo meglio così, siamo più completi, più vivi, come un bell'albero che ha radici profonde qua e altrove, e rami robusti e frutti succosi ovunque.

E alla fine, dopo che ci siamo detti queste cose, alcuni sono andati via, altri sono entrati al bar a pagarci le consumazioni. Non siamo rimasti in tanti a organizzare, non tutti sono d'accordo con la nostra idea e poi lavorare stanca, in estate ancora di più. Però noi abbiamo un'energia inesauribile. Sarà il sole, saranno i peperoni piccanti che mangiamo quasi ogni sera, saranno i tuffi nel mare. O sarà che siamo caparbi: abbiamo deciso che il ritorno è una festa e allora cominciamo già da stasera, prepariamo un bel programma di sport, cultura, giochi, spettacoli. Le idee non ci mancano e nemmeno le risorse.

Faremo una festa indimenticabile, ha detto Ercole con il solito entusiasmo.

La festa del ritorno, l'ho ribattezzata io.

Allora è deciso, la chiamiamo così. Non c'è tempo da perdere, fra tre settimane andiamo via.

Dedicato alla memoria di Pepè Iannone,
uno di noi, che è ritornato per sempre.

Prima la vita

Il gruppo più folto è arrivato un giorno di maggio. Ce lo ricordiamo bene, ché la mattina c'era stata la festa del Corpus Domini e sulle strade spiccavano ancora i piccoli fiori gialli di verbasco, lanciati al Nostro Signore dalle finestre e dai balconi durante la processione. Loro guardavano i fiori e non capivano, annusavano l'aria come canicelli prima di un temporale. Noi li abbiamo imitati con discrezione: nessun odore, né puzze né profumi, se non qualche fresca ventata di sambuco e di quei fiori mosci, calpestati. Chissà loro che cosa sentivano, che odori straniòsi, i nasi allerta puntati al cielo. Giravano gli occhi con movimenti veloci, come quando uno fa un sogno agitato prima di svegliarsi. E finalmente in uno di questi giri insognàti i loro sguardi hanno incontrato i nostri.

Per primi ci hanno sorriso un guagnùno con gli occhi profondi a mandorla scura che sembrava un orientale e, assieme a lui, un suo compagno che aveva i denti così bianchi che poteva fare la pubblicità a un dentifricio; poi anche gli altri ci hanno sorriso, e noi abbiamo risposto altrettanto, ma non ci è sfuggito, non a tutti almeno, cosa si nascondeva dietro quei sorrisi: erano occhi stanchi, spersi, feriti; le pupille scure sprigionavano un luccichio un po' torbido, un impasto di argilla con acqua sporca, un impasto di paura con una sputazzata di rabbia, di speranza con una tristezza che non conoscevamo.

«Io invece la conosco» ha detto uno dei rumeni che faticano in paese da qualche anno, un po' come manovali, un po' in campagna.

«Per me non è stato proprio uguale, ma quasi» ha risposto un vecchio germanese che li guardava curioso. «Addirittura la prima roba che mi ha colpito quando siamo arrivati a Ludwigshafen è stata la puzza del cielo attorno alla grande fabbrica dell'Anelino.»

«Io pure ricordo lo stesso sguardo annuvolato e pieno di raggia per ammucciare agli altri la paura.»

«No, invece io non mi sono spagnàto, però mi sentivo perso e pentito e volevo tornare indietro il giorno dopo. Poi, per fortuna o sfortuna o tutt'e due, ci sono rimasto trentadue anni a Ludwigshafen e non ho fatto più caso ai veleni dell'aria e dell'Anelino, il mio naso è rimasto frigido per tanto tempo, prima di ritrovare qua i miei profumi.»

Ecco cos'erano quei pizzicotti di fastidio che provavamo: loro ci ricordavano chi eravamo noi fino all'altroieri o a ieri e noi lo volevamo dimenticare con tutte le nostre forze, perché quel ricordo ci faceva ancora male.

Non avevamo finito di commentare, che loro ci hanno superato salutandoci con un altro sorriso senza parole, forse o senza forse non conoscevano la nostra lingua.

Saranno stati una ventina, da vicino sembravano guagnùni sotto i vent'anni o molto meno, la corporatura scattante e snella ma la faccia di un'età che non si faceva leggere dai nostri occhi.

Sono entrati nell'asilo comunale, chiuso da anni perché qui da noi nascono bambini con il contagocce. E subito le autorità gli hanno cambiato il nome: Centro di accoglienza.

«Il giorno dopo nostro arrivo, noi usciti da Centro, fatto giro in piazza, tutti guarda noi e parlava, ma noi non sapeva italiano ancora. Noi saluti buongiorno ciao ciao buonasera e non più parole. E camminare avanti. Prima noi sempre pensieri tresti, manca famiglia, amici, manca aria casa, tutto. Subito tornati a Centro. Qui noi cominciato scuola italiano e finalmente a parlare con genti bravi come voi.»

Ad aprirsi per primi, almeno con noi che eravamo diventati loro amici, sono stati il guagnùno tipo orientale e il suo compagno dai denti bianchissimi. Poche parole, sì, ché i fatti erano nudi e crudi, e noi vedevamo la loro vita come in uno specchio con poca luce, che ti costringe a sgargiare gli occhi al massimo.

«Mio papà mazzato da nemici, lavorava come polizia, nemici tanti, per colpa di politica, politica sporca più di qui, allora mio zio vendicato papà: mazzato i nemici bastardi, preso me, chiesto mamma di venire con noi, ma lei ha troppa paura di avere gola tagliata se andare via, allora ha abbandonato me e io scappato con zio preferito. Avevo sei anni, faccio viaggio per Iran da mia città di Afghanistan. Poi là vado scuola e a otto anni aiuto uomo vecchio, lavoro leggero, guadagno soldi pochi e a dodici lavoro pietre e sabbia con mani, aiuto muratore, lavoro pesante. A sedici zio bravo dà me cinquemila dollari e dice è ora che tu scappi libero in Italia, là bravi genti, qui pericolo di morte sempre guerra. Così pagato 1800 dollari e clandestino che prende soldi aiuta noi per viaggio con macchina prima, poi vicino confine con piedi, persone tante, quarantacinque, clandestino avanti, un mese con piedi dietro lui, vedo genti morire senza pane senza acqua, lasciati dietro nella sabbia, un mese dormito sotto cielo e sopra terra fredda, pericoloso perché soldati fanno guardia per mazzare noi che scappa. Poi finalmente porto di Turchia, fronte più vicino Grecia, e là parlato sei amici di viaggio e noi comprato barca di plastica dura, 1900 dollari pergnùno. Aspettiamo notte buona e con remi su acqua, con bracci forti camminiamo avanti sempre avanti, fino isola Grecia, da dodici e trenta notte a otto mattino, arriviamo salvi e bagnati fino ossa. Lì un'altra persona, pagato pure lui, porta noi in nave dove è camion carico di armadi, io nascosto dentro armadio, zitto muto fino Italia, esco libero Bari porto, finalmente. Ora io ho soldi pochi, quasi tutti soldi spesi per viaggio, e amico che sa dice me prendiamo treno e andiamo a Crotone questura. Noi minorenni, scappare di guerra, dice lui. Loro a Crotone subito mettono noi al campo profughi vicino aeroporto e dopo un giorno e mezzo qui a Carfizzi. Era giorno ventuno mese maggio.»

Da quel giorno li abbiamo visti entrare e uscire dall'ex asilo comunale, ora Centro. È una struttura grande, spaziosa, con tante stanze, un bello slargo di ghiaia e cemento attorno, recintato da una ringhiera di ferro. Davanti, oltre la strada, si vedono chiànte di olivo e garagi di germanesi, dietro si aprono burroni pieni di rovi e lecci, terrazzi di uliveti, fichi, perastri, pini e querce giganti. Il mare è all'orizzonte, bluissimo dopo la pioggia e il vento che spazza la foschia.

«Per loro sarà un albergo a cinque stelle» hanno detto alcuni di noi con un pizzico d'invidia. «Noi abbiamo fatto una vita sacrificata qui e altrove, loro vengono da noi e trovano tutto su un piatto d'argento, si scialano con i nostri soldi.»

«Sarebbe meglio sistemare i nostri disoccupati» ha detto un saputello che già sfruttava l'arrivo dei guagnùni per affari di politica personali.

Qualcuno lo ha zittito: «Sei un ignorante patentato e pure razzista, noi li ospitiamo ma i soldi vengono da fuori. Proprio tu parli che non hai mai avuto voglia di faticare e vivi con le pensioni dei tuoi nonni germanesi».

E un altro ha aggiunto: «Non avete sentito che vengono da paesi in guerra? I mascoli sono minorenni, orfani di padre o mamma o tutt'e due; le femmine sono vedove o violentate durante il viaggio dai soldati o ragazze mamme. Un po' di rispetto, per favore».

«Un po' molto ci vuole, di rispetto» ha detto un altro sull'onda dell'entusiasmo solidale, «a me ricordano i nostri antenati arrivati qui dall'Albania in fiamme, per non morire mazzati o in prigione o di fame. Se sbaglio correggetemi.»

«Non si possono paragonare fatti avvenuti a distanza di oltre cinque secoli» ha risposto un lauriàto che fatica in Altitalia, «ma forse la sofferenza di fondo era la stessa. Perché quando sei costretto ad abbandonare la tua terra, dentro senti uno strappo nella carne che non si rimargina facilmente.»

Molti di noi la pensavano uguale, anche se non sapevano come dirlo. E nemmeno quelli del Centro lo sapevano, anche se ora cominciano a spiccicare un po' d'italiano, grazie alla scuola che fanno là dentro. Alcuni hanno pure preso la terza media. Però ciò che dicevano era sufficiente, volendo, per capire cosa provavano davvero.

«A me manca zio bravo. Vedo ragazzo come me contento con genitori e divento treste. Ora dormo solo, mi manca la famiglia, non ricordo bene com'era con mamma, papà e zio, troppo piccolo allora. Ricordo ch'era bello. Ora è difficile e penso troppo, penso assai, ho paura solo. Una mattina mi è uscito osso di spalla, ho rimasto così, non c'era nessuno, troppo fa male e piango, attacco al muro così e spingo forte. Poi esco e vado con amici. Non brutto qui ora, ma paese piccolo troppo piccolo, solo prima che uscivo e tutti parlavano lingua diversa da quella che imparavo a Centro. Non capivo perché, sapevo niente storia. Ora aiuto amici con api, faccio miele, mi piace natura, molto i boschi sempreverdi di qui, mi piace fare quadri di animali. Animali meglio di uomini che mazzano per mazzare e sono maleteste. Ho solo un tubo colore rosso di pittura, ma grande per fortuna, e faccio animali rossi, belli, animali di qui e animali di terra mia.»

Eravamo al pub a bere l'aperitivo e dopo che il guagnùno ha smesso di raccontare, ha cominciato l'altro per dire che non era troppo diversa la sua storia, ma non uguale uguale. Ché lui a otto anni era andato dall'Afghanistan in Pakistan per faticare in un ristorante, a otto anni, otto. Il padre era partito per la guerra e lui non poteva andare a scuola per paura delle bombe. Per quattro anni ha lavato montagne di piatti veloce veloce, poi di nuovo al suo paese perché il proprietario lo trattava male e pagava peggio, una miseria. La guerra era finita a parole, ma non la violenza nelle strade, bombe, attentati, auto e terroristi che esplodevano in mezzo ai civili. Prima la vita, gli ha detto il padre. «Allora papà prepara mia partenza. Viaggio uguale: tanti soldi a quelli maleteste, prima con macchina, poi con piedi, poi su mare, ma io ho partito con nave da Turchia, cinque giorni visto solo acqua salata e centosettantacinque persone strette strette, sudate sotto sole, fredde sotto cielo nero. Nave arriva a Lampedusa, tutti salvi e malati senz'acqua giornonotte. Lampedusa ho visto solo zona porto, giorno dopo invece viaggio comodo e arrivo a Carfizzi, colpito da odori dentro naso inconosciuti ma buoni, odori di giornata calma mese di maggio.»

Comunque da quel giorno il nostro paese si è popolato di ventitré persone, comprese cinque donne incinte, provenienti da Iraq, Afghanistan, Eritrea, Etiopia, Togo, Ghana, Niger, Pakistan, Palestina, Egitto. Quarantasei occhi curiosi e, malgrado tutto, sorridenti. Escono a gruppetti, le donne giovani con i passeggini o le creature ricce sul petto, con abiti sgargianti d'Africa, soprattutto nelle feste e nelle processioni, non ne perdono una. I guagnùni vanno a giocare a pallone al campo sportivo, una bella tirata a piedi, come facevamo noi alla loro età. Ogni tanto li sfidiamo per gioco: Carfizzi contro Resto del mondo e vinciamo sempre noi, ché loro sulla palla non entrano con cattiveria, hanno paura di farci male. La sera, tra quelli che escono, alcuni vengono al pub a vedere la partita alla TV in nostra compagnia.

I gruppi cambiano quando qualcuno diventa maggiorenne e lo trasferiscono altrove o parte per cercare lavoro in una città del Nord. Uguale a noi e ai figli nostri. Grazie a loro le classi delle elementari sono aumentate di numero e una manciata di noi ha trovato un posto come inserviente, cuoca, aiutante, insegnante d'italiano e altri mestieri per lauriàti. Si è lamentato solo chi non ha avuto il posto che sperava, si è lamentato pure chi si lamenta sempre, a ogni novità, anche se è buona, i lamentosi non mancano mai da noi, come i rovi nei burroni.

I nostri due amici sono rimasti in paese dopo la maggiore età, non potevano più abitare al Centro e poi al Centro solo uno si è trovato bene perché ha conosciuto persone come lui senza padre né madre, gli hanno raccontato le loro storie simili alla sua, mentre l'altro dice che la vita là dentro è brutta, perché troppe lingue, troppa confusione, chi bravo chi malatesta, litigava spesso. Perciò ognuno ha preso una casa in affitto, qua le case vuote non mancano, sono più delle piene, e costano poco. Pagano cento euro al mese, ma uno non ha sempre la giornata, ha lavorato cinque mesi per il comune, ora per campare gli manda qualche soldo lo zio bravo dall'Iran.

L'altro invece lavora in una piccola azienda familiare, fa il contadino, il vaccaro e il mungitore, sa preparare la ricotta e il formaggio meglio di noi. Guadagna seicento euro al mese, cento o duecento li manda a casa, in Afghanistan, come facevano una volta i nostri emigranti. Il suo sogno? Prima la vita, come diceva il padre. E poi sposare una bella ragazza calabrese.

EPILOGO PROVVISORIO

Vivere per addizione

Infine avevo sentito l'esigenza di fermarmi veramente. Ero stanco di quella che chiamavo "l'altalena nel vuoto", su e giù per l'Italia e l'Europa, giù e su, per ritrovarmi sempre altrove. Succedeva lo stesso anche ai personaggi delle mie storie: un'inquietudine incessante che da me passava a loro e poi mi ritornava indietro, ingrossata durante il tragitto come un fiume in piena.

Allora, con un righello e la carta geografica dell'Europa, avevo cercato un luogo a metà strada fra la mia terra di origine e la Germania del Nord, la terra che per motivi di lavoro e poi affettivi mi aveva attratto a sé.

Fu così che approdai in Trentino, per calcolo geografico. Ma non solo. All'inizio mi attraeva soprattutto perché è una terra di confine, che io percepivo (e percepisco) come luogo di contatto e non di divisione tra gli uomini. Da questa posizione privilegiata è possibile vivere e raccontare il Sud e il Nord dell'Europa con distacco e passione, perché il Nord e il Sud sono lontani dai tuoi occhi, ma al tempo stesso presenti e mescolati nella terra di mezzo. Qui puoi trovare il meglio dei due mondi e vivere in una nuova realtà che è simbiosi e sintesi di essi, arricchendoti culturalmente e umanamente giorno dopo giorno.

Purtroppo, però, impiegai poco tempo a capire che per molte persone la propria terra è una "piccola patria" da difendere e proteggere dagli intrusi e dal mondo esterno, che porterebbero insidie di ogni tipo, dal ladrocinio dei posti di lavoro alle malattie, dalla delinquenza alla mentalità mafiosa; e giù con i luoghi comuni, tra i virus, secondo la mia esperienza, più micidiali della nostra società.

Dunque, una terra di confine può essere vista e vissuta anche in una dimensione di frontalità, cioè come luogo delimitato da steccati e sentinelle, al cui interno l'estraneo difficilmente può entrare o, se ci riesce, avrà vita dura. Ma questo succede un po' ovunque, mi dicevo, e io sono già vaccinato contro ogni tipo di virus dall'esperienza tedesca; è l'estraneo che deve cercare il contatto.

Be', non è stato così semplice, almeno all'inizio. Ostilità? No, peggio: indifferenza. Il vaccino? Non è vero niente, non esiste vaccino contro l'indifferenza. È così che uno sente i morsi della Fremde, l'estraneità, lo spaesamento, ma io allora non sapevo come chiamarla, che forma avesse, se lasciasse dei segni. Sapevo solo che quei morsi li sentivo ovunque, nelle terre di andata: Crotone-Amburgo-Bari-Roma-Valtellina, Bielefeld-Brema-Lubecca, di nuovo Amburgo-Valtellina, e poi Rovereto-Folgaria-Fondo-Sarnonico-Coredo-Cles-Tuenno-Trento-Mattarello-Besenello. In quanti appartamenti ammobiliati ho abitato nella sola Val di Non, con i proprietari gentilissimi che non facevano caso se eri meridionale (ché anzi i meridionali sono brava gente, educata, soprattutto se insegnanti, ed è solo una stupida barzelletta quella sui terroni che nella vasca da bagno, non conoscendone l'uso, ci piantano il basilico) e ti ponevano una sola condizione: lasciare libero l'appartamento per i mesi estivi. Ma certo, signori, chi ci vuole stare qui d'estate? Io, d'estate, vado al mare, nuoto e nuoto verso l'orizzonte, lo voglio toccare con mano, liberarmi della Fremde e delle montagne che mi schiacciano l'anima. E loro, i signori, annuivano pieni di comprensione.

Però sulle montagne mi sono dovuto ricredere: io le guardavo da sotto e mi sentivo soffocare. Quando arrivai la prima volta su una cima, mi accorsi che la vista da lassù non aveva niente da invidiare a quella marina. E presi ad amarle.

Era ormai tempo di superare le difficoltà iniziali e i pregiudizi. O almeno di provarci. La terra di mezzo mi piaceva davvero: mi godevo i paesaggi che stordiscono come una buona grappa forte, il lago dalle acque rosse, l'ombra superba dei castelli sui boschi imbiancati, i meli carichi di fiori in primavera e di pomi in autunno.

Pomi, ecco la parola magica. Dici "pomi" e dici tutto, entri in sintonia con la gente del posto, ti dimostri comprensivo con i ragazzi che nelle settimane della raccolta non possono fare i compiti perché devono aiutare la famiglia, chiudi un occhio sulle loro assenze, al bar bevi un bianco di prima mattina parlando di pomi, ti godi la mostra-concorso sui pomi grossi come zucche. Poi un giorno ti chiedi: che ci faccio io tra i pomi? E ti accorgi che questo stupendo paradiso di pomi può attendere. E hai voglia di cambiare aria, anche se ti senti benissimo in quest'aria salubre, anche se stai tranquillo. Forse troppo tranquillo.

Dopo circa sette anni di Trentino, ritornai in Germania, a Colonia, con l'intenzione di restarci un anno scolastico per togliermi qualche sfizio. Allora non sapevo che il mio sguardo era cambiato. Finalmente ero un insegnante di ruolo, vincitore di concorso al ministero degli Esteri per l'area tedesca. Volevo fare sfracelli, chiudere i conti con un passato che ancora mi bruciava, vendicarmi insomma delle umiliazioni subìte in precedenza da me e dalla mia famiglia. Ma non potevo. Guardavo la gente, le cose, la città con uno sguardo distaccato, a volte ironico, a volte pacato. Uno sguardo sospeso. Era lo sguardo che mi portavo dietro dalla terra di confine e persino i pomi che scorgevo nei supermercati tedeschi in bella evidenza, ÄPFEL AUS DEM NONSTAL, lo accendevano di un pizzico di nostalgia, più che di fastidio.

Forse fu grazie a quello sguardo, privo di spine e di rancore, che un giorno sentii un clic nella mia testa. M'illuminai. Se per i tedeschi continuavo a essere uno straniero; per gli altri stranieri, un italiano; per gli italiani, un meridionale o terrone; per i meridionali, un calabrese; per i calabresi, un albanese o "ghiegghiu", come loro chiamano gli arbëreshë; per gli arbëreshë, un germanese o un trentino; per i germanesi e i trentini, uno sradicato, io per me ero semplicemente io, una sintesi di tutte quelle definizioni, una persona che viveva in più culture e con più lingue, per nulla sradicato, anzi con più radici, anche se le più giovani non erano ancora affondate nel terreno ma volanti nell'aria.

A chi queste cose le sa teoricamente, le mie parole possono apparire di un'ovvietà sconcertante. Ciò che non è ovvio, che richiede un cammino faticoso, è indossarle come un abito, farle aderire al tuo corpo come una seconda pelle. Solo così riuscirai a vedere il mondo attorno a te con altri occhi e finalmente, con questo nuovo sguardo senza pregiudizi, potrai godere il meglio della vita qui e là e in ogni luogo, come se i tuoi occhi avessero cambiato colore, da marroni fossero diventati non dico azzurri, ma una via di mezzo luminosa.

Rientrai in Trentino dopo altri sette anni di Germania. Sette anni di vita a Colonia e di viaggi in treno, ad attraversare confini anacronistici, attendere coincidenze, perdere treni o salire su quelli sbagliati, ad ammazzare il tempo e la Fremde. Ritrovai dunque la mia terra di mezzo con i suoi bei paesaggi, i miei nuovi amici, la gente ancora laboriosa e chiusa o indifferente, i pomi più lucenti e perfetti. Ritrovai pure i soliti amanti della "piccola patria" ringalluzziti più di prima, al punto che con i soci di pianura inneggiavano a una nuova patria, anch'essa relativamente piccola, ma ricca di soldi e di nebbia.

A volte ho cercato di discutere con alcuni di questi signori e, a parte i limiti culturali e l'estremo egoismo che coglievo nella loro visione del mondo, ne ho ricavato l'impressione che non avessero mai fatto un vero salto al di là del confine, se non probabilmente a occhi chiusi. Perché chi fa questo salto a occhi aperti si accorge di diventare in un attimo l'altro dell'altro. E forse al ritorno entro i propri confini guarda l'altro, il presunto usurpatore, in una nuova luce e magari cerca il contatto, il confronto. E chissà che, salto dopo salto, non diventi consapevole che questo scontro-incontro con persone, culture, lingue differenti alla fine arricchisce tutti.

Lo so: ho lanciato una pallina di gomma contro un muro, indicando una strada difficile da percorrere, parlando di una consapevolezza che si conquista a fatica, o mai, se si resta ostinatamente chiusi nel proprio orticello. Ma ora non posso e non voglio più tornare indietro. Voglio vivere per addizione, miei cari, senza dover scegliere per forza tra Nord e Sud, tra lingua del cuore e lingue del pane, tra me e me. Sono stufo delle risposte di campanile o di opportunità, risposte ipocrite, bugiarde, come quando da bambino ti chiedevano: «A chi vuoi più bene, piccolo, a mamma o a papà?», e tu stavi imbambolato, non capivi la domanda, e gli adulti idioti insistevano: «A chi vuoi più bene, parla, gioia mia». A tutt'e due, pensavi tu, ma stavi muto per paura di sbagliare. E pure a mia sorella e ai nonni, agli zii e ai miei amici. A tutti.

Al momento vivo a Besenello: a metà strada fra Rovereto e Trento, a metà strada fra Germania del Nord e Calabria, un piccolo centro come il mio paese di origine, e con in più un castello a me caro.

Spesso, nei miei viaggi di notte verso il Sud, avevo notato quel castello illuminato, sospeso fra la terra e il cielo, come un enorme disco volante in procinto di partire. Chissà, forse proprio per via di quella sospensione che mi sembrava un'azzeccata metafora della mia vita, quel castello me lo sentivo familiare, sebbene non ne conoscessi ancora il nome.

Da quando abito sotto le sue mura, la familiarità si è naturalmente accresciuta. Ogni tanto, di notte, dal mio balcone controllo se il disco volante è ancora lì. Rimarrei molto male se sparisse alla mia vista. Il suo sguardo sospeso, mentre incontra il mio sguardo sospeso, attutisce il dolore dei morsi della Fremde, fantasma traditore che ti assale quando meno te lo aspetti. E mi fa nascere un dubbio: che siano i luoghi a cercare le persone e non viceversa?

NOTA

Storia delle mie storie

Le mie prime storie risalgono agli anni Ottanta, quando vivevo in Germania e scrivevo per denunciare l'ingiustizia della costrizione a emigrare. Secondo me, costringere qualcuno ad abbandonare la propria terra per andare a vivere altrove era – ed è – una grande ingiustizia. E naturalmente raccontavo, con rabbia, di situazioni vissute in prima persona, dalla ferita della partenza ai problemi del vivere tra due mondi, dalle difficoltà d'integrazione al razzismo, dallo scontro all'incontro tra le culture. Protagonisti erano i germanesi, i nostri emigrati in Germania, cioè né tedeschi né calabresi né arbëreshë, ma figure ibride, come la lingua che parlano.

Di quel periodo ho voluto recuperare solo la *Storia di un emigrante qualunque*, uscita nel 1984 in tedesco nella traduzione di mia moglie Meike Behrmann e inedita in italiano. L'ho qui inserita nel *Prologo di andata e ritorno* perché rappresenta una sorta di poetica in nuce e il legame ideale con i miei primi racconti germanesi pubblicati in Germania, *Den Koffer und weg!* (Neuer Malik 1984; edizione italiana accresciuta, *Il muro dei muri*, Argo 1993, Oscar Mondadori 2006), e con il romanzo *La festa del ritorno* (Oscar Mondadori 2004).

Tutte le altre storie di questo libro le ho scritte tra il 1993 e il 2009, al ritmo lento di due o tre fra un romanzo e l'altro, come se avessi sentito l'esigenza di recuperare o approfondire quei momenti di vita "vera" che le trame romanzesche avevano espulso come tessere incongruenti.

Nel frattempo facevo la spola tra Germania, Trentino e Calabria, e cominciavo a cogliere anche gli aspetti positivi, la ricchezza che porta con sé l'esperienza migratoria. Perché vivere in più culture, parlare più lingue, acquisire un nuovo sguardo, guardare la vita con altri occhi non può essere che una ricchezza.

Oggi che il disincanto del tempo trascorso ha reso labili i confini tra vita vera e finzione narrativa, facendo apparire vere le finzioni e inventata la vita vera, non saprei ricostruire con precisione tutte le occasioni, le urgenze, i luoghi e le date delle singole storie. So soltanto che esse mi hanno accompagnato nei continui viaggi di andata e ritorno, girando attorno alla mia vita come trottole inquiete, ansiose di fermarsi.

Quando finalmente le ho riordinate, rivedute e corrette per questa pubblicazione, mi ha sorpreso la loro compattezza tematica. Parevano capitoli di un'unica storia individuale e nel contempo collettiva, tappe di un percorso scandito da partenze e ritorni, che potrei chiamare, se non sembrasse altisonante, ricerca dell'identità. Un'identità plurale o frammentaria o, forse meglio, per addizione, che si trasforma di continuo, essendo dinamica per natura: è come un percorso in divenire, che non sai mai dove ti conduce. Sai solo che lo devi seguire e continuamente reinventare.

È quello che ho cercato di fare scrivendo questo libro, forse con il desiderio inconscio di narrare le trasformazioni e l'affascinante intreccio delle identità e di dare un senso alle singole tappe della vita, valorizzandole tutte, mescolandole assieme. Senza rinunciare al recupero della memoria collettiva più profonda, ma con la consapevolezza che questo recupero ha un senso soltanto se serve a illuminare il nostro presente.

Ringraziamenti

Desidero ringraziare innanzitutto mia moglie Meike che, nel corso degli anni, ha seguito con lucidità e acume la nascita di ogni storia di questo libro, nonché le successive riscritture fino all'attuale.

Ringrazio per i preziosi suggerimenti Stefano Tettamanti, Gianna Pedrazzoli, Alvaro Torchio, Giuseppe Colangelo, Alessandra Zazo, nonché Franco Altimari che ha ricontrollato la grafia delle parole arbëreshe.

Devo il tema di alcune narrazioni, qui riprese e rielaborate, a Fulvio Panzeri e Roberto Righetto, per i racconti estivi dell'«Avvenire»; a Vito Teti, per un percorso a più voci sul "Mangiare meridiano"; a Ermanno Rea e Silvio Perrella, per una riflessione sulla parola "legalità" in occasione del Premio Napoli 2004; a Loris Lombardini della rivista «Catullo News», per un "racconto in volo". Colgo l'occasione per rinnovare a ognuno di loro la mia gratitudine.

Un grazie di cuore a Habeeb e Raza, immigrati al mio paese di origine, che mi hanno raccontato la loro storia.

Infine la mia riconoscenza va a tutti i luoghi citati in questo libro, da Carfizzi ad Amburgo, da Colonia a Besenello: è in mezzo a loro che ho imparato a vivere per addizione.

Indice

IN PICCOLA BIBLIOTECA OSCAR

CARMINE ABATE
Il muro dei muri

Pubblicata per la prima volta in tedesco nel 1984 e in italiano nel 1993 in un'edizione ampliata, *Il muro dei muri* è l'opera d'esordio di Carmine Abate narratore: un sorprendente "romanzo a racconti" incentrati sul tema dell'emigrazione e dell'incontro, forte e partecipato, di culture diverse.

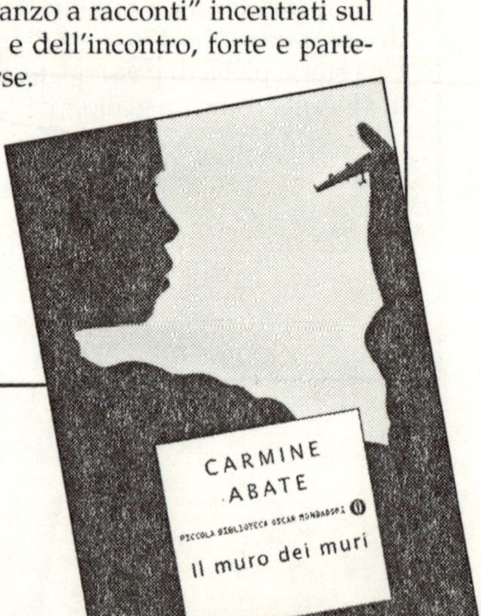

IN PICCOLA BIBLIOTECA OSCAR

CARMINE ABATE
La moto di Scanderbeg

Nel ricordo di un figlio, emigrato dalla Calabria in Germania, rivive il ricordo del padre, coraggioso leader delle rivolte contadine, e del mitico eroe dell'indipendenza albanese. Un avvincente romanzo corale in cui s'intrecciano storie d'amore, di impegno civile e di spaesamento, narrate con maestria.

«Vivere per addizione
e altri viaggi»
di Carmine Abate
Piccola Biblioteca Oscar
Arnoldo Mondadori Editore

Questo volume è stato stampato
presso Mondadori Printing S.p.A.
Stabilimento NSM - Cles (TN)
Stampato in Italia - Printed in Italy